June Caravel

La malédiction

de l'amour de vacances

Roman

DE LA MÊME AUTRICE…

D'autres livres ont déjà vu ou verront bientôt le jour… Pour découvrir tout l'univers de June Caravel, rendez-vous sur http://www.junecaravel.com.

Vous pourrez recevoir des extraits gratuits et savoir quand les prochains livres sortiront avant tout le monde en vous inscrivant à la newsletter.

Déjà parus :

—— La malédiction de l'amour de vacances, 2019

—— Enceinte à tout prix !, Creo Éditions, 2020

—— Carte Blanche, 2021

© June Caravel 2019
www.junecaravel.com

Illustration : Félix Rousseau

Édition : BoD – Books on Demand,
12/14 rond-point des Champs-Élysées, 75008 Paris
Impression : BoD - Books on Demand,
Norderstedt, Allemagne
ISBN : 978-2-322208-88-3
Dépôt légal : Avril 2020

CHAPITRE PREMIER
LA MALÉDICTION

Miguel avait tenté de m'arracher un baiser devant tout le monde. Mon sang n'avait fait qu'un tour. Je lui avais pourtant dit « non », en long, en large et en travers durant toute la semaine de vacances, alors pourquoi s'acharnait-il ? Dans un réflexe primaire, je l'avais giflé.

— Non, mais ça va pas ?

Miguel avait porté la main à son visage, incrédule. Le silence s'était fait d'un coup. Tout le monde me regardait médusé. Personne ne s'était attendu à une réaction aussi violente de ma part.

Puis les cousins assis autour de la table avec nous avaient éclaté de rire. Miguel les fusilla d'un regard noir et les rires s'éteignirent aussitôt. Il s'était levé et avait fermé les yeux, concentré sur je ne sais quoi. Tout d'un coup, je le vis parcouru d'un tremblement dans tout le corps : c'était comme s'il était en transe. Etait-ce un début de crise d'épilepsie ? Quand il rouvrit les yeux, il semblait comme possédé. Il tendit les deux bras dans ma direction tout en prononçant ces paroles :

— Tu peux faire une croix sur le fait d'avoir un amour de vacances ! Et si malgré tout tu réussis un jour à en avoir un, alors tu seras punie car une grande catastrophe aura lieu !

On aurait dit qu'une voix surnaturelle avait pris possession de lui. Mon corps fut à son tour traversé de tremblements. C'était plus fort que moi. Il resserra la main comme s'il voulait m'étrangler à distance et je me mis à chercher de l'air. Je n'arrivais plus à respirer. Puis il l'abaissa et s'enfuit dans sa chambre. Les tremblements, la sensation d'être étouffée : tout s'arrêta d'un coup. Je pris une grande inspiration. Je ne pouvais m'expliquer ce qui venait de se passer. C'était comme s'il m'avait jeté un sort.

Luana, ma meilleure amie et la cousine de Miguel, me saisit par le bras et m'entraîna à l'intérieur où le reste de la famille chantait et dansait encore.

— Ne fais pas attention, me dit-elle. Miguel pense qu'il a des pouvoirs parce que son père est chamane et qu'il peut lui aussi jeter des sorts aux gens.

— Pardon, tu peux répéter ? Ton oncle est chamane ?

— Oui, c'est très courant au Mexique…

Je ne savais pas ce que c'était qu'un chamane. Mais au ton avec lequel elle l'avait dit, j'en déduisis que ça devait être une sorte de magicien.

— Ça fait quoi au juste un chamane ? lui demandai-je.

— Ça guérit les âmes et les maladies. Écoute, ne prends pas trop au sérieux les menaces de mon cousin. Il est dingue de toi depuis qu'il t'a vue débarquer ici et il se venge en essayant de te faire peur parce que tu refuses ses avances. Mais vraiment, il est inoffensif.

— Pourtant tu l'as vu toi-même tout à l'heure ! Cette transformation dans son visage et ses tremblements. On aurait dit qu'il était comme... possédé !

— Ne t'inquiète pas je te dis, tu l'as giflé devant ses cousins et il a probablement voulu se venger en te faisant peur. Je crois que c'est la première fois qu'une fille lui résiste.

Luana m'avait emmenée au milieu du salon et nous nous étions mises à danser. Miguel n'était pas reparu de la soirée et nous étions reparties avec les parents de Luana le lendemain à l'aube pour éviter les bouchons. Je ne l'avais jamais revu depuis.

CHAPITRE 2
VACANCES AU MEXIQUE

Force m'était de constater qu'à chaque fois que je partais en vacances depuis cet incident, tout le monde ou presque se trouvait un amour de vacances sauf moi. Dans mon for intérieur, j'avais commencé à appeler cela « la malédiction de l'amour de vacances ».

Quoi que je fasse, – et j'avais tout essayé : les robes sexy, de danser collé-serré, de parler jusqu'à des heures indues sur la plage avec un mec – il se passait toujours quelque chose au moment où je devais conclure. Une fois, j'avais eu une tourista carabinée qui s'était déclarée le dernier soir où j'aurais dû finaliser les choses avec le type que j'avais dragué toute la semaine en classe de nature. Il avait fini avec une rivale de la seconde B.

À Malte, en vacances avec des copines, j'avais eu tout d'un coup un haut-le-cœur et avais vomi tout mon repas sur le type que je m'apprêtais à embrasser. Autant dire, qu'il était rentré en courant prendre une douche et qu'il ne m'avait plus jamais adressé la parole jusqu'à la fin du séjour. Il se moquait même de moi en faisant semblant de vomir dès qu'il me voyait.

Une autre fois, de nouveau en vacances avec Luana, alors que nous étions étudiantes, j'étais en train de me baigner seule avec un de ses amis, Mathieu, qui habitait aux Sables d'Olonne et qui m'attirait depuis le début du séjour. Au moment où il me prit dans ses bras pour m'embrasser, une méduse me piqua. Je ne sais comment elle fit son coup puisqu'elle le laissa indemne. Moi par contre, je n'eus d'autre choix que de sortir de l'eau à toute vitesse pour courir au poste de sauvetage de la plage. Mathieu m'avait suivi, puis avait prétexté en voyant l'heure qu'il devait partir. Je n'avais pas encore de portable à l'époque et inexplicablement, je ne l'avais plus croisé les jours suivants alors qu'avant, nous nous retrouvions tous les jours au même endroit. J'avais finalement découvert qu'il s'était trouvé une autre petite copine entre temps.

Quand donc j'avais accepté de partir en vacances au Mexique avec Luana l'année de mes vingt-huit ans pour trois semaines, j'espérais qu'enfin la malédiction s'arrêterait. C'était peut-être le fait d'aller dans la patrie du cousin de Luana, qui me faisait penser que je bouclerais la boucle : peut-être cette malédiction s'arrêterait-elle enfin en terre chamanique ? Et puis c'était ridicule : ça faisait quatorze ans que ça durait !

À chaque fois que j'étais partie en vacances avec Luana, elle me soutenait mordicus que ma soi-disant malédiction n'existait pas, que Miguel n'avait aucun pouvoir. Mais quand je lui avais demandé si on allait lui rendre visite au Mexique, elle m'avait dit qu'elle ne savait pas s'il serait là.

Luana était partie au Mexique plusieurs fois durant toutes ces années et elle avait revu son cousin Miguel. Elle m'avait même dit qu'il était devenu chamane comme son père et qu'elle avait assisté par hasard à l'une des cérémonies chamaniques où son cousin officiait.

Elle était arrivée chez lui alors qu'il soignait une jeune fille allongée sur une natte au sol. Miguel était désormais marié et sa femme, qui exécutait un rythme régulier au tambour, lui avait fait signe de de se taire et de s'asseoir. Miguel faisait comme s'il absorbait le mal par la bouche dans plusieurs parties du corps de sa patiente. Ensuite il avait craché dans un bol et jeté le contenu dehors. Pendant toute la cérémonie, Miguel n'avait pas une seule seconde pris acte de la présence de Luana. Ce n'est que lorsque la jeune fille avait rouvert les yeux et que le tambour avait cessé de battre qu'il lui avait sourit, en lui intimant d'attendre jusqu'à ce qu'il en ait fini avec sa patiente.

Le récit de cet épisode m'avait fait froid dans le dos. J'avais beau être cartésienne, cette malédiction qui s'acharnait sur moi avait tout de surnaturel. Il fallait que j'en comprenne les mécanismes. Surtout, j'espérais que l'eau aurait coulé sous les ponts et que peut-être j'aurais pu demander à Miguel de la lever. Luana n'arrêtait pas de me dire que peut-être mon inconscient s'efforçait d'auto-réaliser cette soi-disant malédiction. Je trouvais ça quand-même fort de café ! Jamais je n'avais voulu avoir la tourista ou des hauts le cœur pile au moment d'embrasser un homme. Et puis le coup de la méduse me laissait de gros doutes : cela restait inexplicable qu'elle s'en soit prise à moi et pas à Mathieu et encore plus inexplicable qu'elle soit présente dans l'Océan Atlantique, en général pas aussi réputé pour la présence de méduses que la Méditerranée.

Durant le séjour, nous avions été voir la famille de Luana que je n'avais pas revue depuis nos quatorze ans. J'avais appris que Miguel vivait à une centaine de kilomètres de là où nous séjournions. Désormais chamane, Miguel devait avoir bien plus de pouvoirs que Luana ne voulait l'admettre. Je lui demandai si nous pouvions aller le voir. Ses cousins présents se renfrognèrent à cette idée.

— Je ne crois pas que ce soit une bonne idée, Julia, me dit l'un d'entre eux.

— Pourquoi ? lui demandai-je.

— Il t'en veut toujours pour la gifle que tu lui as donné. Je ne crois pas qu'il serait content de te voir débarquer.

— Et si j'allais m'excuser ? dis-je en me tournant vers Luana. Ça fait quand-même quatorze années…

Je joignis mes mains en un geste de supplication. Il fallait que je voie le cousin de Luana et que je comprenne ce qui s'était passé. Et surtout que je sache s'il m'avait vraiment jeté un sort et s'il y avait un moyen pour changer la donne. Luana décrocha le téléphone.

— C'est quoi son numéro ? demanda-t-elle. Je vais l'appeler, moi.

Sa grand-mère se leva et composa le numéro pour Luana. Je ne compris pas tout de la conversation qui suivit car mon espagnol était plus que sommaire. Luana raccrocha.

— On y va demain.

— Tu lui as bien dit que j'étais là ?

— Oui.

— Il m'en veut encore ?

— Je ne sais pas. Il a dit qu'on était les bienvenues.

J'avais fait un cauchemar cette nuit-là. Je voyais un bras s'allonger doucement vers moi pendant que j'essayais de courir pour lui échapper. Je me retournais pour essayer de discerner à qui il appartenait, mais je ne pouvais distinguer qu'un bras qui s'allongeait, s'allongeait… et qui finit par me rattraper. La main s'arrima à mon cou et serra puissamment. Je suffoquais. La main continuait de serrer toujours plus fort... Je m'étais réveillée en sursaut en essayant de reprendre de l'air désespérément. La sensation d'étranglement était encore présente, comme si elle avait véritablement eu lieu. Cela n'augurait rien de bon. Je n'étais plus si sûre de vouloir revoir Miguel.

Après ça, je n'avais pas réussi à me rendormir de toute la nuit. J'arrivais les traits tirés dans sa maison et un peu angoissée à l'idée de revoir celui dont la malédiction me poursuivait depuis toutes ces années…

Une femme portant un bébé et avec dans ses jupes un petit garçon de trois ans nous accueillit. Elle ne parlait pas français. Luana me dit que c'était la femme de Miguel. Au moins, il n'essaierait pas de me draguer cette fois-ci !

Sa femme était très gentille avec moi. Elle me proposa à boire, puis se mit à dialoguer en espagnol avec Luana qui me traduisit que Miguel n'allait pas tarder. Les enfants de Miguel étaient adorables, mais le joli petit bébé de Miguel se mit à hurler dès que sa mère le mit dans mes bras. Je lui rendis bien prestement. Enfin Miguel arriva.

C'est à peine si je le reconnus. Il portait une chemise traditionnelle mexicaine et était tout simplement devenu un homme. Plutôt mignon d'ailleurs. Je regrettais presque d'avoir refusé ses avances plus jeune. Il nous accueillit avec un grand sourire, ce qui me fit chaud au cœur étant donné les circonstances de notre dernière entrevue. Il embrassa Luana puis me prit dans ses bras.

— Bonjour Julia, je n'aurais jamais pensé te revoir un jour.

— Moi non plus. Je suis venue car je voulais m'excuser.

Il m'accorda un sourire bienveillant.

— C'est de l'histoire ancienne. Ne t'inquiète pas. C'est oublié.

— Tu es sûr ?

— Mais oui.

— Alors pourquoi ta malédiction me poursuit-elle encore ?

Il me fixa étonné. Je continuai :

— Depuis que tu as prononcé ces mots, je n'ai jamais pu avoir d'amour de vacances. À chaque fois que je pars, il se passe toujours quelque chose au dernier moment qui empêche toute relation avec des mecs…

Luana intervint :

— Ça fait des années que je lui dis d'arrêter de croire à cette malédiction, mais elle n'en démord pas. Tu ne lui as pas vraiment jeté un sort, Miguel, quand-même ?

Miguel regarda ses pieds et murmura :

— Disons que... Je ne pensais pas que ça marcherait.

Luana toisa Miguel incrédule :

— Comment ça ? demanda-t-elle.

Miguel parut gêné :

— Mon père m'avait bien dit de ne jamais utiliser le

pouvoir des esprits à des fins de vengeance. Je ne l'ai plus jamais refait depuis. Ça m'a servi de leçon.

— Tu veux dire que toutes ces années ?

Je sentis l'air me manquer à nouveau. Je m'assis. Luana renchérit :

— J'ai toujours cru que c'étaient des cracks. Comment est-ce possible ? T'es un vrai magicien alors ?

— Non, ça n'est pas comme ça que ça marche. Moi, je n'ai aucun pouvoir, je suis juste un canal. Ce sont les esprits qui font le boulot.

— Mais alors ça veut dire que tu peux arrêter la malédiction ? demandai-je.

Miguel me regarda d'un air désolé.

— Malheureusement non. Je ne peux défaire ce qui a été fait. Et crois-moi Julia, je m'en veux depuis tout ce temps d'avoir réagi de la sorte. Je me suis senti la risée de tous ce soir-là. Je ne sais pas ce qui m'a pris, ça a été plus fort que moi. Je n'ai pas réfléchi.

— Mais pourquoi on ne peut pas revenir sur la malédiction ? Tu ne peux pas l'annuler ?

— Non, c'est impossible. Je pourrais à la rigueur essayer de leur demander de la modifier, mais qui sait ce qui se passerait ? Cela pourrait être pire. Les esprits sont parfois malins et veulent autre chose en échange de ce qu'ils ont accordé. Crois-moi, c'est mieux de laisser les choses ainsi. Et puis, ça n'est pas si horrible, tu peux quand-même te passer d'amours de vacances, non ?

— Euh… Disons que ça n'impacte pas que mes amours de vacances puisqu'à chaque fois que je pars, si je suis avec quelqu'un, cette personne me quitte comme par hasard juste avant mon départ. Donc je suis condamnée à ne plus jamais partir en vacances si je veux garder l'homme avec qui je suis ou alors à braver la malédiction. Mais tu as dit qu'il se passerait une grande catastrophe si je le faisais.

— Effectivement.

— De quel genre ?

— Ah ça, seuls les esprits le savent. Ça pourrait être n'importe quoi : une tempête, un tsunami, un incendie, un accident. Je n'ai pas été très précis quand j'ai demandé une catastrophe.

Luana n'en revenait pas :

— Non, mais on nage en plein délire, là. T'es sérieux ? Alors c'est pas des conneries ce truc de famille ? Ces choses bizarres qui se passent ? Genre je sais toujours quand ma grand-mère va m'appeler ou bien mes rêves prémonitoires ?

— Eh oui ! On est chamanes de père en fils et même de mère en fille qu'on le veuille ou non. Toi aussi Luana, tu l'es. Par contre, tu n'es pas obligée de développer ton don. C'est à toi de décider.

— Non merci, très peu pour moi Miguel, je deviendrais folle. Et puis je n'ai pas envie de passer mon temps à guérir les gens comme toi. C'est pas mon truc.

— Tu verras. Tu seras toujours la bienvenue ici pour que je t'apprenne si tu changes d'avis.

J'avais enfoui mon visage dans mes mains. J'étais condamnée. Je le savais. Tout ce que j'avais ressenti était vrai. La sensation d'étouffement notamment. La malédiction était bien réelle et je n'avais pas le choix. Si je voulais m'en débarrasser, il me faudrait l'affronter, au prix d'une catastrophe inconnue et potentiellement mortelle pour moi ou bien que je ne parte plus en vacances sous peine d'être sûre de n'avoir jamais de vie amoureuse.

Forcément au bout d'un moment, mon mec me demanderait de partir en vacances et... ce serait reparti pour un tour ! Cela faisait quatorze ans que cette malédiction me pourrissait la vie ! Et s'il n'y avait pas d'autre issue comme le disait Miguel, alors j'étais décidée à affronter mon destin ! Au moment de dire au revoir à Miguel je lui posai tout de même une question qui me taraudait :

— Et si je t'embrassais, là, ça ne l'annulerait pas ?

— Bon, déjà, je crois que ma femme n'apprécierait pas tellement, mais non, ça n'inverserait pas les choses. Une malédiction est une malédiction, tu dois l'affronter ou la supporter toute ta vie. Je suis vraiment désolé, Julia. Je te souhaite bon courage.

Il me prit dans ses bras musclés et je sentis qu'il n'avait jamais vraiment perdu le béguin pour moi à sa manière de me serrer.

— Au revoir, Julia.

Et dire que j'aurais pu mettre fin là tout de suite à cette malédiction s'il avait été célibataire ! Dans sa maison qu'est-ce qui aurait pu se passer ? En plus, en tant que chamane, il aurait bien trouvé un truc pour nous protéger.

Luana n'en revenait pas de ces révélations. Elle se mit à me raconter toutes les choses bizarres qui s'étaient passées dans sa famille et il y en avait des tonnes. Ça me faisait froid dans le dos.

— Dans tes rêves prémonitoires, tu as déjà vu une catastrophe avec moi ? lui demandai-je.

— Non. Par contre, j'ai vu un chat noir dans mon rêve cette nuit.

— Ne dis pas ça. Maintenant je suis devenue ultra superstitieuse !

Le reste de ces vacances au Mexique me fit un bien fou. J'avais besoin de changer d'air après les scènes de jalousie de mon ex, Charlie, qui continuait à me supplier de me remettre avec lui, même si je l'avais quitté depuis plus d'un mois en prévision de ces vacances. Il ne me lâchait pas.

J'en prenais plein la vue durant ce *road trip*. Nous avions loué une voiture et nous conduisions sans vraiment respecter les limites de vitesse sur des routes très montagneuses. Moi surtout, comme pour me préparer à cette catastrophe : je jouai avec la mort. Les paysages étaient à couper le souffle : les sites sacrés mayas, les plongeurs musclés qui sautaient des falaises à Acapulco, les *voladores* qui tournoyaient dans le vide pour faire venir la pluie...

Mais la malédiction perdura tout le reste du séjour : il fallait trouver un mec à mon goût, ce qui n'était déjà pas facile. Comme toujours, Luana avait trouvé un petit copain, Gabriel, et moi j'étais restée seule.

Le dernier soir, un mec s'était avancé vers moi au bar de la plage où nous logions Luana, Gabriel et moi à Puerto Escondido. Il avait le look surfer. Très musclé, bronzé et une mâchoire un peu trop carrée à mon goût, mais il était plutôt mignon avec ses yeux bleu azur et ses cheveux bruns.

Quand je le vis s'approcher de moi, je me dis que ce serait peut-être l'occasion de mettre fin à tant d'années d'amours de vacances frustrées et de relations longues avortées ainsi qu'à cette fichue malédiction !

Il ne me plaisait pas particulièrement, mais j'étais prête à tout pour qu'elle cesse enfin et pour pouvoir avoir une vie amoureuse normale sans cette épée de Damoclès qui trônait toujours au-dessus de ma tête. Et puis que pouvait-il se passer comme catastrophe ? Un raz-de-marée ? Un orage ? Que le bar prenne feu ? Tout était calme, je ne voyais pas de risque imminent. Il s'adressa à moi avec un fort accent texan.

— Bonsoir, moi c'est Andy et toi ?

— Je m'appelle Julia.

— Ah, tu es française, non ?

— Oui et toi ?

— Je viens de Dallas. Tu es en vacances ici ?

— Oui avec mon amie Luana.

Je la lui désignai du doigt. Il la dévora littéralement des yeux. Il faut dire que Luana est une fille magnifique. Elle lui fit un salut de la main. Je continuai les présentations :

— Et son mec Gabriel.

Andy fit d'abord une moue qui se mua ensuite en

sourire. Ses rêves de plan à trois venaient sûrement de s'envoler... Gabriel lui tendit la main pour la serrer.

— Salut.

Puis Andy se pencha tout à coup vers moi et me susurra :

— Qu'est-ce que tu dirais si nous nous éclipsions tous les deux... On pourrait aller dans ma chambre d'hôtel…

On m'avait déjà draguée et plutôt lourdement, mais là j'étais épatée. Ce type était un véritable artiste ! Trois phrases de baratin et direct au but ! Mon occasion était toute trouvée : c'en était fini de la malédiction ! J'allais pour lui répondre, quand je vis du coin de l'œil une fille en furie foncer sur Andy. Visiblement éméchée, elle l'attrapa par le bras et l'apostropha en anglais :

— Comme on se retrouve ! Alors, c'est comme ça que tu traites tes conquêtes ? Tu passes la nuit avec elles et quand tu as eu ton compte, tu les jettes ? Je t'ai attendu pendant une heure cet après-midi et tu n'es jamais venu ! Et là, je te retrouve en train de draguer la première venue…

Andy ne répondit rien. Il attendait que ça se passe visiblement. Moi, je voyais une fois de plus la malédiction s'opérer sous mes yeux. Comme d'habitude, dès que j'allais conclure, il y avait toujours quelque chose qui se passait pour m'en empêcher. Quatorze ans de coïncidences mystérieuses commençaient à entamer sérieusement ma raison. La fille éméchée n'en démordait pas :

— Tu m'as utilisée ! Tu m'as dit que tu avais eu le coup de foudre pour moi et je t'ai cru !

Elle avait haussé le ton pour que tout le monde l'entende :

— Votre attention les filles ! Ce type est un immonde dragueur qui va profiter de vous et vous jeter dès le lendemain !

Andy n'en menait pas large. Il la prit par le bras.

— Allons discuter de tout ça en privé.

Elle le regarda un peu hébétée. Il l'emmena d'un pas ferme sur la plage. Elle suivit sans broncher. Ma dernière chance de briser la malédiction avant la fin du séjour venait de s'évanouir. Lasse, je laissai Luana et Gabriel se bécoter sur la plage tandis que je rentrais à l'hôtel. Dégoûtée d'avoir laissé passer ma chance une fois de plus, je regardai Gabriel et Luana se dire au revoir avant de devoir reprendre la route.

Nous étions arrivées à l'aéroport : tout était perdu. La frustration nous pousse sans nul doute à faire les choses les plus folles... Ou bien était-ce l'envie de rompre une fois pour toutes avec ce mauvais sort ?

CHAPITRE 3
DANS L'AVION MEXICO-PARIS

Dans la file d'embarquement, je regardai une dernière fois autour de moi s'il n'y avait pas un homme attirant, mais c'était comme à l'aller : je ne vis personne à mon goût. Je me fis à l'idée qu'une fois de plus, la malédiction ne serait pas conjurée et me consolai en me disant qu'il allait falloir que je reparte en vacances très vite ou que je choisisse n'importe quel homme sur ce vol. C'était ma dernière chance de briser cette malédiction. Et tant pis si ça signifiait un crash aérien !

Nous n'avions pas obtenu des places exceptionnelles pour ce vol : on nous avait mis dans l'allée centrale de l'avion qui comportait quatre sièges. Nous avions les deux sièges du milieu, ce qui faisait que nous devions inévitablement déranger nos voisins pour sortir. La femme à côté de moi semblait avoir plus ou moins le même âge tandis que le voisin de Luana semblait avoir la cinquantaine : non merci, je n'étais pas si désespérée que ça !

Une fois assise, je vis un homme de profil qui m'intrigua, en train de s'installer côté couloir un rang plus haut que ma voisine. Je ne l'avais pas vu dans la file d'attente tout à l'heure. Peut-être était-il arrivé en retard ?

Je ne pouvais le voir que de côté : il était brun, la peau assez claire et je distinguai de petites rides au coin des yeux. J'en déduisis qu'il devait avoir entre cinq et dix ans de plus que moi. Il portait un costume élégant et c'était le premier homme vraiment attirant que j'avais vu durant mes trois semaines de vacances au Mexique. Un homme un peu plus empâté portant lui aussi un costume était assis à côté de lui. Ils parlaient ensemble et j'en déduisis qu'ils étaient sûrement collègues. Il semblait beaucoup moins mignon, mais je ne pouvais pas vraiment le distinguer d'ici. Je donnai tout de suite un coup de coude à Luana :

— Regarde !

Avec mes yeux, je lui fis signe de regarder un rang plus haut côté couloir.

— Quoi ?

— Le type en costume un rang plus haut.

Elle le regarda discrètement, puis fit une petite moue :

— Pas mal, mais un peu vieux, non ?

— Mais non, il doit avoir maximum 35, 36 ans !

J'étais un peu déçue par son manque d'enthousiasme.

— Tu crois ? me fit-elle, plus intéressée par le magazine sur ses genoux.

— En tous les cas, c'est le premier que je vois qui me plaît vraiment depuis le début du séjour. Alors, qu'est-ce qu'on fait ?

— Tu veux dire, qu'est-ce que tu fais ? Moi je ne fais rien du tout…

C'était l'occasion d'enfin casser cette malédiction qui me suivait depuis des années. Je la regardai implorante.

— Mais je ne peux pas aller le voir et lui parler comme ça.

— Pourquoi pas ?

— Ça ne se fait pas…

— Si tu le trouves mignon, alors si, ça se fait.

— Mais jamais je n'oserai.

— Alors laisse tomber.

Je me récriai :

— C'est facile à dire pour toi, tu as eu Gabriel et tu n'as pas une putain de malédiction qui te colle aux baskets !

— Et alors ? Je n'ai pas eu un amour de vacances à chaque fois que je suis partie dans ma vie !

— Mais qu'est-ce que tu racontes ? Chaque fois qu'on est en vacances ensemble, je suis toujours la seule qui revient sans qu'il ne se soit rien passé.

Luana attacha sa ceinture :

— Ah bon ? Je n'avais jamais remarqué…

Le pire, c'est qu'elle était sincère… Je levai les yeux au ciel et j'attachai moi aussi ma ceinture :

— Vraiment ? Et les vacances dans le Sud de la France ? Celles à Barcelone ? Et quand nous sommes allées à Ischia ? Rien ! *Nada* ! Je suis rentrée à chaque fois bredouille. Alors que toi, tu as toujours trouvé un amour de vacances. La seule fois où tu n'en as pas eu, c'est parce que tu étais folle d'Edouard qui était resté à Paris. Et même là, je n'ai trouvé personne !

— Maintenant que tu le dis... Je te porte malchance, c'est ça ? Si tu veux, c'est la dernière fois qu'on part en vacances ensemble.

— Arrête de dire des bêtises ! Tout ça, c'est la faute de ton cousin. Il faut seulement que je trouve le moyen d'entrer en contact avec le type de la rangée plus haut. Si tu m'aides, peut-être que ce sera la fin de cette malédiction.

Luana secoua la tête.

— Pour ton type, là, c'est simple, il te suffit de lui adresser la parole.

— Non, mais jamais je n'oserais !

Luana réfléchit un instant.

— Ok, alors il y a un autre moyen. Moins... frontal... si tu veux.

Luana fouilla dans son sac, en tira du papier et un crayon et me les tendit :

— Maintenant à toi de jouer ! Écris quelque chose sur le papier et demande à ta voisine de lui passer. S'il est intéressé, il te répondra, sinon, et bien tu auras essayé, tu n'auras pas de regrets et on regardera un bon film !

Je fis non de la tête.

— Désolée, je ne peux pas.

La voisine, qui avait apparemment écouté notre conversation, nous dit :

— Pas de problème, les filles. Si vous l'écrivez, je le passerais.

Je la fixai, interdite.

— Vous êtes sûre ? lui dis-je.

La voisine répondit en battant des mains :

— Mais bien sûr ! Je fais des allers-retours Paris-Mexico tout le temps pour le travail et je n'ai jamais rien vu d'aussi excitant dans un avion de toute ma vie. J'espère qu'il vous répondra !

Luana me donna un coup de coude.

— Tu vois ? Même elle est d'accord !

Je haussai les épaules :

— Mais qu'est-ce que je lui écris ? Je n'en ai aucune idée ! Et s'il parle seulement espagnol ? Qu'est-ce que je fais ? Je ne vais quand-même pas passer la soirée à improviser en langue des signes !

Luana commença à se montrer impatientée.

— Si c'est le cas, je te traduirais. Et puis pour emballer un mec, tu n'as pas vraiment besoin de parler, si ? De toute manière, je suis sûre que c'est un homme d'affaires et qu'il parle anglais.

— Tu crois ? Mais je ne sais toujours pas par où commencer...

— Peut-être en écrivant « Bonjour » dans plusieurs langues ? Et il te répondra dans la langue qu'il veut ?

— Pas bête…

Je demandai d'abord à Luana l'orthographe de « Bonjour, je m'appelle Julia et toi ? » en espagnol car je ne connaissais que des rudiments de cette langue que je n'avais jamais apprise à l'école. Puis, je me saisis du papier et du crayon et je commençai à écrire.

Salut, Buongiorno, Hello, Buenas Tardes, Guten Tag.
Je m'appelle Julia. Mi chiamo Julia. My name is Julia. Me

llamo Julia. Ich heisse Julia.
Et toi ? E tu? And you? Y usted? Und dich?

Je montrai le résultat à Luana :

— C'est parfait. Maintenant plie-le et fais-le passer !
J'hésitai.

— Non, pas tout de suite. Peut-être après le décollage.

Luana replia le papier que je lui avais donné pour
qu'elle le lise.

— Mais arrête, qu'est-ce que tu attends ? Il y a douze
heures de vol. Si rien d'intéressant ne se passe, alors on
pourra regarder plein de bons films ! Autant le savoir
maintenant !

Je lui repris le papier des mains.

— Attends ! Ça n'est pas une bonne idée. Cette
malédiction ne change pas comme ça ! Surtout que ton
cousin avait prédit un grand malheur si je venais à en
trouver un. Et si l'avion s'écrasait par ma faute ?

Luana tenta de me reprendre le papier des mains.

— Mais arrête avec ça !

Le papier tomba par terre et la voisine se pencha pour
le ramasser avant que je n'aie pu l'arrêter, puis elle donna
une petite tape sur l'épaule de l'homme en question. Il se
retourna, surpris. Je pus ainsi le voir mieux. Il faisait un
peu plus vieux que je ne le pensais. Peut-être plus vers les
quarante ans. La voisine me désigna du doigt et lui donna
le papier. Je lui fis un sourire, rouge de honte. Quand il
déplia le papier et se mit à lire ce qui était écrit, j'aurais
voulu me cacher sous terre. Je lançai un regard accusateur
à Luana qui rigolait comme une baleine.

— Pourquoi tu me regardes comme ça ? Tu voulais
savoir s'il était attiré par toi, non ? Plus tard, tu me
remercieras !

Je n'étais pas totalement convaincue. Je me tournai
vers ma voisine. Je ne pus m'empêcher de contenir un
soupçon d'accusation dans ma voix.

— Merci, mais il n'y avait aucune urgence.

Ma voisine répondit en dédramatisant.

— Désolée, mais je n'ai pas pu résister à l'idée de voir enfin quelque chose d'improbable avoir lieu sur un vol Mexico-Paris. Et puis, si vous aviez attendu plus longtemps, vous vous seriez sans doute ravisée.

Je n'eus pas même le temps de lui répondre que l'homme un rang plus haut lui rendit le bout de papier. À son tour, elle me le tendit. Je l'ouvris avec appréhension. Luana et ma voisine se penchèrent pour lire au-dessus de moi avec curiosité.

Salut,
Je m'appelle Éric. Tu parles français ?

Incroyable ! Non seulement il avait répondu, mais en plus nous étions de la même nationalité. Était-ce la fin de la malédiction des vacances ? Luana battit des mains toute excitée.

— Tu vois qu'il a répondu ! Merci madame, si vous n'aviez rien fait, Julia serait encore là à hésiter…

Luana serra la main de ma voisine. Elle répondit :

— Oui, mais je travaille à l'arrivée, donc je vais dormir après le dîner, dit-elle en nous désignant une boîte de somnifères. Donc si vous voulez échanger d'autres petits billets doux, c'est maintenant ! Après, il faudra vous débrouiller sans moi.

Je la regardai incrédule :

— Excusez-moi de calmer votre enthousiasme, mais tout cela va un peu trop vite pour moi. Qu'est-ce que je lui réponds maintenant ? Je n'ai aucune idée de la suite à donner...

Luana me fit de gros yeux.

— Salut, oui, je suis française de Paris, et toi ? Depuis quand t'est-il si difficile de faire la conversation, Julia ?

Luana avait raison. Normalement je n'étais pas timide et je n'avais aucun problème à trouver des sujets de conversation, mais là c'était une situation un peu spéciale.

Je ne savais pas quelle tournure allaient prendre les événements, surtout en huis-clos, et cela me stressait. Qui plus est, je ne savais rien de lui. Je faisais un saut total dans l'inconnu. Je lui écrivis.

Je m'appelle Julia, je suis française de Paris, et toi ?

Ma voisine me demanda une fois fini d'écrire :
— Alors, je peux le lui donner ?
Je lui tendis le bout de papier plié. L'avion décolla. Ma voisine donna le papier à Éric. J'essayais de me concentrer sur ma peur de périr en avion que j'avais toujours au décollage et à l'atterrissage plutôt que sur celle de mourir de honte après avoir initié ce jeu dangereux.

Qu'est-ce qui m'avait pris d'indiquer cet homme à Luana et pourquoi étais-je tombée à côté d'une voisine aussi entreprenante ? Foutue malédiction qui me faisait faire des choses insensées pour la conjurer. Si ce petit jeu excitait tant ma voisine, pourquoi alors n'écrivait-elle pas directement à des inconnus dans l'avion ?

En l'observant, je compris pourquoi. Elle portait un anneau à la main gauche. Elle était mariée, et certainement excitée à l'idée de vivre par procuration des moments qui appartenaient à un âge presque... adolescent. Car oui, c'était bien un jeu d'ado plutôt que d'adultes dans un avion. Même si je ne me souvenais pas avoir jamais passé des billets doux en classe.

Éric avait écrit quelque chose, puis redonné le papier à ma voisine. Cela signifiait qu'il était intéressé. Peut-être que ce jeu n'était pas si mal après tout. Je dépliai le petit papier que ma voisine me tendit avec un sourire entendu. Les yeux de Luana et de ma voisine étaient fixés dessus comme si ce qui y était écrit avait contenu le secret de la Création. Je lus.

Je suis de Bordeaux, je reviens d'un voyage d'affaires avec

Je ne savais pas quoi dire. La vérité ? Ou inventer un personnage pour susciter sa curiosité ? Peut-être n'aurais-je pas dû révéler mon identité et réfléchir davantage à en prendre une autre au cas où ça tournerait mal ? Si jamais il me harcelait après ? Je ne savais rien de lui, ou si peu... Pourquoi diable lui avais-je donné mon véritable prénom ? Je le regardais échanger avec son collègue et je n'étais plus si sûre de vouloir continuer à jouer. C'était une erreur.

Mes pensées angoissées furent interrompues par l'hôtesse de l'air qui me proposa à boire. Derrière elle, je vis Éric m'observer et quand elle me tendit un verre d'eau, il souleva lui aussi son verre et me fit le signe de trinquer en me décochant un sourire irrésistible. Je rougis en baissant les yeux tandis qu'il se retourna pour parler avec son collègue.

J'étais perturbée par son sourire et aussi par le fait qu'il avait continué à parler sans se rendre compte de la honte que m'avait causée son geste. C'était le moment de trouver quelque chose à répondre. Mon cœur battait à tout rompre. J'étais d'une certaine manière à la fois excitée par ce jeu et angoissée de passer à l'étape où je devrais parler avec lui. Pour l'instant, je me sentais protégée, dans ma bulle, tant que seuls des billets doux étaient échangés, mais pas encore des paroles. C'était un petit peu comme quand on s'échange des e-mails sur un site de rencontres avant de se voir en vrai pour boire un verre. On sent qu'on peut se dire plein de choses, même très intimes, mais on est protégé par l'écran interposé. J'écrivis.

Nous étions au Mexique avec mon amie pour les vacances...

J'avais replié le papier pour lui faire passer quand Luana me réprimanda.

— Mais tu ne peux pas lui donner comme ça ! Il faut

que tu lui poses une question, que tu relances la conversation... Sinon, il ne répondra plus. Tu veux qu'il se passe quelque chose ou pas ?

— Je ne sais pas, moi ! Et si ce type était un malade ou qu'il était bête ou qu'il tentait quelque chose que je ne veux pas ?

— Et alors ? Je te défendrai : s'il s'approche trop près de toi, je lui décocherai un droit dont il se souviendra !

Luana se mit à faire semblant de boxer dans l'air puis s'arrêta. Je la fixai en souriant.

— Mais non… reprit, elle. Je ne pense pas qu'il te fera quoi que ce soit dans cet avion. Il te suffira de crier et tous voleront à ton secours, enfin façon de parler... Par contre, si tu veux qu'il se passe quoi que ce soit, demande-lui de changer de place. Je pourrais aller près de son collègue pour que vous puissiez parler tranquillement.

— Tu es sûre ?

Luana tendit le cou pour apercevoir le collègue d'Éric et fit une petite moue :

— Euh... oui. Dommage que son collègue ne soit pas plus mignon. Ceci étant dit, il a l'air confortable. Je devrais bien dormir.

Je regardai Luana avec de gros yeux : cette fille ne cesserait jamais de m'étonner.

— Allez, me fit-elle. Demande-lui et après le dîner, on changera de place.

J'acquiesçai et écrivis.

Que dis-tu de venir à côté de moi ? Mon amie peut prendre ta place et toi venir à la sienne, comme ça nous pourrons parler un peu ?

Je fis un sourire à ma voisine qui prit le papier d'un geste assuré, prête à accomplir de nouveau sa mission de passeuse officielle de billets doux.

— Merci, lui dis-je.

Elle sourit :

— De rien, mais c'est la dernière fois que je passe un mot. Après vous devrez vous débrouiller seule.

Je hochai la tête :

— Le sort en est jeté ! dis-je tout bas pour moi-même.

Un steward distribuait les plateaux repas. Pendant que je mangeais, je préparais déjà un discours dans ma tête. Et si Éric se révélait ennuyeux ? Ou pire, qu'il ne dise rien ? Peut-être qu'en le voyant de près, je ne le trouverais plus attirant ? Mmmh, il était de Bordeaux. Je n'y étais jamais allée, peut-être que ce serait un sujet de conversation ? Non mais qu'est-ce que j'imaginais ? Je mastiquai nerveusement, en essayant d'éviter de paniquer complètement. Tout d'un coup, j'eus une idée.

— Luana, peut-être que ce serait mieux qu'on parle un peu avant qu'il ne vienne s'asseoir ici.

Luana haussa les épaules :

— Si tu veux…

— Je pourrais faire semblant d'aller aux toilettes pour pouvoir passer devant lui et m'arrêter pour discuter.

— Bonne idée ! Mais prends un chewing-gum avant d'y aller, sinon l'haleine poulet guacamole risque de l'achever avant même que tu n'aies pu initier la conversation.

Luana sortit un paquet de chewing-gum de son sac et m'en tendit un.

— Tiens !

— Oh mon Dieu, tu as raison ! fis-je en sentant mon haleine dans ma main. Mais pourquoi me suis-je mise dans un tel pétrin ? Bon, allez, c'est quitte ou double maintenant ! J'y vais. Ou plutôt, non. Qu'est-ce que je lui dis ?

Luana soupira, quelque peu exaspérée par mon indécision.

— Salut, je suis Julia, la fille qui t'a envoyé les petits mots. Ça ira ?

— Ok, cette partie je gère. Mais après. Qu'est-ce que

je lui raconte ?

— Je ne sais pas, moi. Parle-lui du voyage, demande-lui comment il a trouvé le Mexique ? S'il vient souvent ? Sinon, pose-lui des questions sur son travail. Et s'il est intéressant, propose-lui de continuer la conversation à côté de toi. Sinon, tu peux toujours lui dire que tu es fatiguée et que tu veux dormir. Et puis je suis là en cas de besoin.

— Ok, ok, je vais prendre mon courage à deux mains et aller parler au Monsieur sexy.

Luana mit les pouces en l'air en signe d'encouragement.

— Bonne chance !

Je m'extirpai comme je pus de mon siège en passant devant ma voisine, puis je pris une longue inspiration pour essayer de calmer mon cœur qui battait à mille à l'heure et semblait exploser dans ma poitrine. Je remis ma tenue en ordre avant de faire un pas vers Éric.

— Salut, je suis Julia.

Je le regardai enfin les yeux dans les yeux, mais je ne pus soutenir son regard très longtemps. Il me fit un grand sourire. Je lui tendis la main, mais il se leva pour me faire la bise. En m'embrassant, il s'attarda plus que de raison sur mes joues et ce premier contact physique me plut. Décidément, je ne m'étais pas trompée, Éric m'attirait. C'était un soulagement, car jusqu'ici je ne l'avais vu que de loin et de profil. Je ne comptais plus le nombre de fois où j'avais observé quelqu'un en soirée, cru qu'il me plaisait et en m'approchant, déchanté complètement…

— Ah te voilà finalement ! Ravi de faire ta connaissance, moi c'est Éric. Mais tu le sais déjà.

Il avait un accent du sud assez prononcé et une voix grave qui le rendaient plutôt sexy.

— Voici mon collègue, Louis.

Louis voulut se lever lui aussi pour me faire la bise, mais il se cogna. Du coup, il se rassit en se massant la tête et me tendit plutôt la main.

— Enchanté.

— De même, répondis-je.

Je replongeai mon regard dans celui d'Éric et je ne trouvai rien d'autre de plus banal à dire que :

— Alors, vous vous préparez à dormir ?

— Non, nous nous préparions à regarder un film. Si tu n'as rien de mieux à faire, tu peux te joindre à nous. Peut-être qu'on peut négocier avec le voisin de Louis pour te laisser la place.

Je pointai le doigt en direction de Luana.

— Et bien, je pensais plutôt que mon amie Luana pourrait échanger sa place avec la tienne, comme ça, on pourrait parler un peu avant de regarder un film si tu veux. Enfin, si vous êtes d'accord, bien sûr !

Éric échangea un regard avec Louis qui lui fit un signe d'assentiment.

— Oui, pas de soucis ! me fit Éric.

— Parfait ! Je reviens dans un instant et on procédera à l'échange alors.

Dans le peu de temps qu'avait duré cette conversation, j'avais pu l'observer de plus près. Il n'avait pas arrêté de me sourire et il me plaisait, décidément. Mais j'avais une sensation diffuse qu'un danger me guettait. Il était mignon, mais peut-être un peu trop vieux pour moi. Il avait de petites rides au coin des yeux et nous avions probablement une dizaine voire une quinzaine d'années de différence.

Sortie du contexte de la malédiction, je n'aurais jamais eu le courage d'user d'un stratagème aussi fou, il faut bien le dire. Le vol Mexico-Paris était ma dernière chance de faire quelque chose d'extraordinaire... Quelque chose que je n'aurais jamais fait en temps normal. De vivre un fantasme peut-être aussi ? Je n'avais jamais fait l'amour dans un avion auparavant. À la seule pensée de cette éventualité, mes sens se mirent en éveil. Maintenant les dés étaient jetés. Tout pouvait arriver. Et j'avais toutes les cartes en main pour gagner la partie à priori. Sauf si cette foutue malédiction empêchait encore que je conclue.

Pendant que j'attendais dans la queue pour les toilettes, j'observais les allées et venues des hôtesses et des stewards : leur quartier général se trouvait près des toilettes et il y en avait toujours un dans les parages. Si je voulais qu'il se passe quoi que ce soit, alors il faudrait ruser. Peut-être que plus tard, tous les passagers et le personnel de bord dormiraient ?

Finalement une porte devant moi s'ouvrit : c'était mon tour. J'entrai dans la cabine et ce lieu objet de fantasmes qui me semblait si excitant quelques minutes auparavant redevint très vite ce qu'il était en réalité : un endroit dégoûtant ! Des centaines de personnes avaient dû passer par là et les toilettes, alors qu'on n'était qu'au début du voyage, étaient déjà dans un état douteux. De plus, c'était tout petit. Il faudrait être acrobate pour pouvoir ne serait-ce que s'embrasser là-dedans…

Je me regardai dans le miroir : il me renvoyait le reflet d'une fille hâlée en jean ajusté et t-shirt cintré, le foulard parfumé posé nonchalamment sur le décolleté, de manière élégante. Je me fis un clin d'oeil.

— Et oui, ma chère Julia, il ne va pas pouvoir te résister !

En fait, je me disais cela plus pour me donner du courage qu'autre chose. Ce qui m'avait toujours manqué, c'était la confiance en moi. Je connaissais des filles qui n'étaient pas terribles, mais qui étaient sûres d'elles, et cette attitude agissait comme un aimant sur les hommes. Et pourquoi diable n'arrivais-je pas à être comme elles ? Pourquoi est-ce que je ne me sentais jamais assez belle ou à la hauteur ? Je m'observai dans le miroir :

— Regarde-moi dans les yeux, Julia : ce soir, tu seras l'assurance incarnée.

J'essayais de m'en convaincre comme je le pouvais.

L'occasion était trop belle. Pour rebooster mon ego aussi. Finalement quelqu'un avait choisi de jouer avec moi, la partie avait déjà commencé et il fallait que j'utilise au mieux tous les atouts que j'avais en main. Le fait d'avoir pris l'initiative m'avait donné quelques points d'avance. Maintenant, j'attendais de voir quel allait être son prochain mouvement…

Je me donnais du courage tout en me jetant un dernier coup d'œil pour être sûre d'être prête. Je ne savais pas comment allait se finir cette histoire, mais le moins qu'on puisse dire, c'est qu'elle était excitante.

Padam ! Je m'étais matérialisée devant Éric avec mon plus beau sourire et je lui dis d'une voix la plus sensuelle possible :

— Alors, on le fait ce changement de place ?

— Avec plaisir ! me répondit-il avec son accent chantant.

Je me tournai vers son collègue.

— Bonne nuit, Louis. Je t'envoie Luana dans un instant.

Je fis signe à Éric de me suivre. Ma voisine et Luana m'avaient épiée tout ce temps et espéraient sûrement que je ne m'en sois pas rendu compte.

— Et voilà mon amie Luana ! lui dis-je.

Éric la regarda comme s'il était en train d'admirer un tableau. Il lui fit un sourire un peu trop large à mon goût. Je sentis une jalousie diffuse s'emparer de moi. Puis, je me rappelai de ce que je m'étais dit devant la glace.

Les gens jaloux sont ceux qui n'ont pas confiance en eux. Et je ne voulais pas être ce genre de personne. Ce soir, j'étais la confiance incarnée ! Mouais. C'était plus facile à dire qu'à faire… Ça n'était pas parce que je l'avais décidé que tout d'un coup, je m'étais transformée en une femme parfaitement sûre d'elle. J'étais juste plus consciente de la direction vers laquelle je devais tendre… Je me rassérénais en me disant qu'Éric était là pour moi.

Même si j'espérais que la malédiction n'allait pas s'abattre une fois de plus et qu'il n'était pas en train d'avoir un coup de foudre pour Luana ou même ma voisine !

— Enchanté, Luana, lui dit-il.

Elle lui tendit la main tout en se levant et en évitant soigneusement de se cogner la tête.

— Enchantée également. Alors je vais près de ton voisin ?

— Oui, si ça ne te dérange pas, lui dis-je.

— Mais non... Amusez-vous bien. Moi je vais dormir, je suis morte de fatigue !

Je la saluai de la main pendant qu'elle s'extirpait de son siège pour remonter l'allée par l'autre côté.

Finalement, je pus reprendre ma place près de ma voisine qui faisait sûrement semblant de dormir pour ne pas perdre une occasion d'épier notre conversation. À moins que le somnifère ne fasse déjà effet. Éric prit place près du voisin de Luana qui nous fusilla du regard, visiblement pas très heureux de cette substitution. Éric se pencha vers mon oreille et me susurra à voix basse sur un ton tout d'un coup très sensuel :

— Alors, qu'est-ce qu'on fait maintenant ?

Je fus tellement surprise que je répondis de manière presque inaudible :

— Discutons un peu, faisons connaissance…

— D'accord, alors si tu me permets, je meurs d'envie de te poser une question. Ça t'arrive souvent d'écrire à des inconnus dans l'avion ?

Je ris nerveusement.

— Non, à dire vrai, c'est la première fois. Et toi ? Cela t'arrive souvent de répondre à des inconnues qui t'écrivent dans l'avion ?

Il éclata de rire.

— Non, pour moi aussi, c'est une première ! Mais comment as-tu eu cette idée ?

— Eh bien, ça n'est pas vraiment la mienne, mais celle de Luana.

— Comment ça ?

Je décidai de jouer à cœur ouvert.

— Elle a vu que tu me plaisais, mais que je n'oserais jamais venir te parler. Donc elle a imaginé ce stratagème. Disons qu'elle m'a juste donné un petit coup de pouce.

Il se mit à rire de nouveau.

— Selon moi, elle a bien fait.

Il me décocha un sourire charmeur qui me fit fondre. Je lui dis d'une voix incertaine :

— Tu penses ?

— Mais bien sûr ! J'aurais passé le vol à parler avec Louis, peut-être à regarder un film et à dormir. Heureusement qu'une jolie jeune fille a changé le programme.

Je rougis. Alors comme ça, j'étais jolie ? Je n'étais jamais très à l'aise avec les compliments.

— Ah... Merci ! lui répondis-je en essayent de trouver un sujet sur lequel rebondir. Ton collègue n'est pas sympa ?

— Si, il est gentil, mais ça reste un collègue, point.

— Je comprends. Donc tu étais en voyage d'affaires... Vous avez pu sortir un peu quand-même ?

— Non, pas vraiment. Nous avons eu de longues journées de travail et nous ne sommes restés que cinq jours sur place. Avec le décalage horaire, je n'ai fait que dormir, travailler et manger. Tout ce que j'ai vu de mexicain était la bouffe, très bonne au demeurant : le *chili con carne*, les *tacos*, les *nachos*, les *fajitas*, les *enchiladas*, etc. J'ai dû prendre au moins un kilo à chaque repas... C'était ma première fois dans ce pays, j'aurais bien voulu voir les monuments, mais ce sera pour une prochaine fois.

— Il faut absolument que tu y retournes. Ce pays est magnifique : les ruines mayas sont incroyables, sans compter les paysages, les plages...

Il me prit la main et murmura sensuellement :

— Peut-être avec toi. Tu pourrais être ma guide.

Je retirais ma main prestement. Tout allait trop vite et j'avais besoin de le connaître un peu plus avant que les choses ne se précisent... Mais j'avais fait le premier pas, donc il sentait sûrement que la voie était libre pour lui.

— Peut-être. Mais la véritable guide, c'est mon amie Luana. Elle est mexicaine et parle espagnol. Moi, je le comprends un peu, mais parler, c'est une autre histoire. Et, toi ?

Éric susurra :

— Je sais faire tant de choses avec ma langue...

Le moins qu'on puisse dire, c'est qu'Éric n'y allait pas par quatre chemins. Les choses se précipitaient dangereusement et j'eus l'impression d'être prise dans un engrenage sans savoir où la machine allait s'arrêter. Sa réaction me laissa un moment sans voix. Je n'aurais jamais dû répondre la chose suivante :

— Ah oui ?

Éric jeta un coup d'œil du côté de son collègue. Je suivis son regard. Louis était déjà dans les bras de Morphée et Luana dormait sur son épaule. Puis, Éric se retourna vers moi et sans me laisser le temps de respirer, il m'attira à lui et... je reçus un coup de coude violent de ma voisine qui s'était tournée vers moi dans son sommeil. J'étouffais un :

— Aïe !

— Ça va ? me demanda Éric inquiet.

— Oui, ça va aller, lui dis-je en me massant à l'endroit de l'impact.

Ma voisine dormait toujours comme une bienheureuse et ne s'était rendu compte de rien. Je ne pouvais m'empêcher de penser qu'une fois de plus, la malédiction empêchait que quoi que ce soit ne se produise. Je m'attendais d'un instant à l'autre à ce qu'Éric vomisse le poulet guacamole sur moi. Ou à ce que l'homme d'une cinquantaine d'années assis à côté d'Éric ne soit en fait un terroriste menaçant de nous tuer.

— Tu veux que je te masse là où elle t'a cogné ?

Sans attendre ma réponse, Éric mit sa main sur ma taille, chercha sous mon t-shirt et commença à masser doucement ma peau. Son contact électrisa tout mon corps. Avec son autre main il redressa mon visage et m'embrassa impétueusement, avec une passion insoupçonnée. C'était presque animal. Je répondis à sa fougue par une fougue encore plus enragée. Il embrassait comme un dieu. C'était comme si deux solitudes s'étaient trouvées. J'étais surprise par cette intensité venue de nulle part.

Je sentis comme un poids sur ma poitrine se libérer : je réalisai tout d'un coup qu'enfin la malédiction était conjurée ! In extremis, certes, mais tout de même... J'avais mon amour de vacances finalement, après des années de célibat forcé !

Je repris mon souffle. Les yeux clos, je m'attendais à tout moment à entendre une explosion dans le moteur, à passer dans un trou d'air ou à ce que je meure foudroyée sur place. Mais rien de tout cela ne se produisit. J'étais bien vivante, aucune catastrophe ne semblait avoir lieu et Luana avait raison, ce ne serait peut-être pas si grave finalement. Libérée de ce poids, je m'adonnais complètement à ce baiser fougueux.

Jusqu'à ce qu'un doute m'assaille. Et si l'avion ça ne comptait pas ? Après tout, c'était la partie voyage, pas les vacances en soi. Avais-je vraiment conjuré le sort ? En plus, il y avait toujours un moment où le mec m'échappait d'habitude. Cette fois-ci, ça avait été bien trop facile. Il n'était pas tombé malade au dernier moment avant de m'embrasser, ni moi non plus. Pas de serpent qui nous attaque ou de turbulences. Juste un tout petit coup de coude de ma voisine. Oh et puis après tout, peu importait. Eric embrassait divinement bien…

— Je dois dire que tu as raison, tu es un expert avec ta

langue.

Éric sourit.

— Tu n'as encore rien vu !

Je ne voulais pas savoir à quoi il faisait allusion ou plutôt, je ne le savais que trop bien. Ce qui est sûr, c'est qu'il ne me laissait pas le temps de réfléchir. Il reprit ma bouche sans que je lui en aie donné la permission et la dévora littéralement avec une ardeur féroce. C'était comme s'il sortait de prison et qu'il n'avait pas eu une femme dans ses bras depuis des années. Peut-être était-ce le cas ? Je ne lui avais rien demandé sur ses amours précédentes... Si ça faisait longtemps qu'il était célibataire, par exemple. J'avais seulement pensé que s'il répondait à mes messages, c'est qu'il l'était. Sinon, pourquoi y donner suite ?

Nous avions étalé les couvertures sur nous pour plus de discrétion et relevé l'accoudoir entre nous. Il avait commencé à passer sa main sous mes vêtements. Tout allait très vite, trop vite à mon goût, mais j'avais initié ce jeu et je ne pouvais plus faire marche arrière. J'aurais aimé passer plus de temps à discuter avec lui, à le découvrir... Mais les petits mots lui avaient laissé entrevoir ouvertement que j'étais libre et notre promiscuité forcée avait fait le reste.

La tournure que prenaient les événements, même si elle me désemparait par sa vitesse, était pourtant des plus excitantes. Plus je regardais Éric et plus il me plaisait. Sa manière de m'embrasser et de me toucher me rendait folle. Je le laissais faire en essayant de rester la plus discrète possible, aidée par des voisins qui dormaient ou tout du moins faisaient semblant. Ici et là, quelques écrans allumés venaient rompre la monotonie du spectacle de hordes de couvertures étendues et masques de nuit épars.

Il n'y avait pas de personnel de bord en vue. Éric me susurra à l'oreille :

— Tu sembles distraite…

Il m'embrassa toujours avec la même intensité fiévreuse et prit ma main pour la faire passer à son tour sous la couverture. Il la guida sous sa chemise. Je sentis ses abdominaux sculptés et me mis à caresser son torse. Mais sa main toujours posée sur la mienne voulait que j'aille ailleurs. Je la retirai de son emprise et me penchai pour susurrer à son oreille :

— Non, pas ici.

— Ok, alors ailleurs !

— Où ?

— Il n'y a pas dix mille endroits où aller dans un avion. Le seul problème, c'est d'éviter le personnel de bord.

Je jetai un coup d'oeil furtif dans le couloir. Tout semblait endormi.

— La voie est libre.

J'avais à la fois une envie folle de lui – renforcée sûrement par l'adrénaline de l'interdit – et une peur panique de me donner à un inconnu dont je ne savais pratiquement rien. Éric ne me laissa cependant pas le temps de me poser trop de questions.

— Passe par ta gauche. Moi je vais passer par l'autre côté. Choisis la première cabine de libre et laisse-la ouverte. J'arriverai un peu après, histoire de ne pas éveiller les soupçons. Je ferais en sorte que le personnel de bord ne me voit pas.

— Et s'il y a quelqu'un qui surveille ?

— Tu devras patienter un peu jusqu'à ce que je puisse entrer.

Je m'apprêtai à enjamber mon voisin pour pouvoir sortir, mais me ravisai aussitôt.

— Ce ne serait pas mieux de sortir du même côté pour éviter de réveiller nos deux voisins ?

— Tu as raison, sortons de mon côté.

M'extirper de mon siège sans déranger l'homme d'une cinquantaine d'années était une mission impossible. Je l'enjambai tant bien que mal et le réveillai. Il me regarda comme si j'étais une prostituée et poussa un soupir pour bien me montrer son désagrément.

En remontant le couloir, je me disais que j'étais dingue. En même temps, je me sentais tellement libérée de cette malédiction que je comptais bien célébrer comme il se doit. En entrant dans l'une des cabines de toilettes de l'avion, je me rendis compte à quel point l'endroit serait exigu pour nous deux. Surtout elles étaient immondes ! Il y avait de l'eau partout, notamment dans l'évier ou mon prédécesseur avait laissé stagner des substances blanchâtres : dentifrice, bave ou bien... beurk !

Je poussai un soupir de dégoût. Il n'était plus question de faire marche arrière de toute manière. D'un instant à l'autre, Éric allait pousser la porte. Je me mis à tenter de vider l'eau de la vasque. Je regrettais déjà mon idée. Ça n'était pas vraiment le lieu pour une amourette de vacances... Je me l'étais imaginée beaucoup plus romantique.

Je me fis une raison en me disant qu'au moins, la malédiction était maintenant derrière moi. J'avais fini de vider l'eau quand la porte s'ouvrit. J'étais montée sur la lunette rabattue de la cuvette pour laisser Éric entrer. Je dus me plier en deux car la hauteur sous plafond ne me permettait pas de rester debout. C'était le seul moyen pour pouvoir fermer la porte. Éric y parvint non sans mal.

Je le regardai d'un air interrogateur.

— Ils t'ont vu entrer ?

— Je ne crois pas. Mais la dame qui s'apprêtait à rentrer dans les toilettes d'à côté m'a regardé de travers quand elle t'a entraperçue dans les toilettes.

— Bah, peu importe ce qu'elle pense, où en étions-nous ?

Je fus stupéfaite par ma témérité et plus encore par la sienne ! J'étais toujours perchée sur la cuvette. Il me tendit la main pour me faire redescendre. Je me retrouvai dans ses bras, les jambes autour de sa taille : il n'y avait pas moyen d'être à deux dans cet endroit sans être collé de toute manière. Je serrai fort sa taille avec mes jambes pour ne pas tomber. Il posa ses lèvres sur les miennes dans un baiser tout aussi sauvage que celui sur lequel il m'avait laissée tout à l'heure. Je sentis monter un désir fou en moi. Mon corps était en train de me dire que ça faisait beaucoup trop longtemps. Ses mains se baladaient le long de ma colonne vertébrale tandis que je lui caressais les cheveux et qu'il approfondissait encore notre baiser. Tout d'un coup il s'arrêta.

— Julia, tu peux te remettre debout sur la cuvette s'il te plaît ?

Je m'exécutai. Ça y est, il me trouvait trop lourde ? C'était trop beau, tout se passait beaucoup trop bien pour une malédiction. Il mit ses deux mains sur la fermeture de mon pantalon, prêt à le déboutonner.

— Tu permets ?

C'était plus une question rhétorique qu'autre chose. Il le posa sur le crochet et se mit à embrasser mon ventre. Puis il empoigna ma culotte et la baissa d'un coup. Il m'aida à l'enlever et je sentis sa langue descendre depuis mon nombril.

— Aide-moi. Mets tes jambes autour de mon cou et accroche-toi où tu peux en hauteur.

Je me sentis comme Victoria Abril dans *Talons Aiguilles*. Mon corps faisait tout ce qu'Éric voulait. Je ne réfléchissais plus : j'étais à sa merci. Tandis qu'il était tout à sa tâche, je m'accrochais à la fente prévue pour les mouchoirs d'un côté et à son cou de l'autre. Mon corps se mit à bouger au rythme de sa langue. En fermant les yeux, mon esprit me transporta sur la plage de *Puerto Escondido*. Je me voyais nue, allongée avec lui sur un transat isolé.

Je revins à la réalité qui était très loin du Mexique. J'avais une peur panique qu'on m'entende à l'autre bout du couloir et que nous soyons démasqués. En même temps l'appel du danger rajoutait encore davantage à mon excitation. La force de ma jouissance me surprit. Je ne savais plus où j'étais et je me mordis les doigts pour ne pas crier trop fort. Je n'avais jamais rien connu d'aussi intense. Quand je réussis à récupérer mes esprits et que j'ouvris enfin les yeux, il me regarda et dit :

— Encore ?

Je n'en revenais pas. Je ne savais pas très bien ce qu'il venait de se passer. Je réalisai qu'il était encore habillé. Je n'avais même pas vu son corps.

— Aide-moi à me remettre sur le couvercle de la cuvette, lui intimai-je.

Ce fut cocasse, je faillis me casser la figure à plusieurs reprises. Puis, une fois dessus, je m'accroupis et me mis à l'embrasser tout en passant ma main sous son t-shirt. Je lui caressai le dos, puis j'empoignai le t-shirt pour lui enlever. Il se laissa faire. Mes mains s'attardèrent sur son torse tandis que je l'embrassais toujours. Je ne voyais pas bien comment réussir à faire l'amour. Assise sur lui ça allait être compliqué. J'allais me cogner partout. Et tout d'un coup je réalisai... Merde !!!!

— Tu as ce qu'il faut ?

Il déboutonna son pantalon et baissa son caleçon.

— Je crois, oui, qu'est-ce que tu en penses ?

— Non, je veux dire, tu as des capotes ?

Il rit.

— Mais oui, ne t'inquiète pas.

Il sortit de la poche de son pantalon son portefeuille duquel il extirpa un préservatif qu'il me tendit.

— Honneur aux dames.

Je ne me fis pas prier pour déchirer l'emballage et lui mettre.

— Je ne vois qu'une seule solution pour faire l'amour ici, dit-il.

— Laquelle ?

— Colle-toi contre moi.

— Ça n'est pas comme si j'avais le choix…

Il rit. Ma main accrocha sa nuque pour l'embrasser pendant que je l'aidais. Je fis comme il m'avait demandé. Je me collai de toutes mes forces à lui…

*

* *

Éric était assis à coté de moi dans l'allée centrale de l'avion. La situation me paraissait à présent étrange, comme si nous étions revenus à la raison après un moment de folie. Seule une certaine honte me restait maintenant. Il ne disait rien. Et ce sentiment empirait.

En vérité, je voulais pouvoir me retrouver seule. Lorsque j'étais sortie des toilettes, un steward m'avait regardé l'air goguenard après s'être rendu compte qu'il y avait aussi un homme caché avec moi. Je m'étais dépêchée de retourner à ma place près de ma voisine qui avait passé les billets doux et qui ne s'était même pas réveillée quand je l'avais enjambée pour retourner à mon siège.

Éric s'avança dans le couloir. Ma voisine fit mine de se rendormir. Il réveilla l'autre voisin, qui devait nous détester totalement maintenant, en essayant de regagner son siège. Puis une fois installé, il se pencha vers mon oreille pour me dire à voix basse :

— Je vais essayer de dormir, et toi ?

— Moi aussi, je suis crevée.

— Alors bonne nuit.

C'était tout ? Après ce moment d'extase, je m'attendais à un câlin ou à ce que nous discutions un peu avant de dormir. Je l'embrassai une dernière fois, mais il n'y mit aucune fougue. Il me donna un baiser des plus chastes qui contrastait complètement avec ceux qu'il m'avait donnés ne serait-ce que cinq minutes auparavant. Je ne savais quoi penser. Je mis cela sur le compte de la fatigue et essayai de trouver une position confortable sous ma couverture.

— Est-ce que je peux mettre ma tête sur ton épaule ? lui demandai-je.

— Oui, vas-y.

Ça n'était pas la meilleure idée. Même avec le petit coussin que la compagnie nous offrait gracieusement, son épaule n'était pas des plus confortables. Je n'arrivais en général jamais à dormir dans l'avion.

Je le savais bien pourtant et j'avais oublié de prendre avec moi l'unique moyen qui fonctionnait lors d'un voyage comme celui-ci : un somnifère. Je n'osais pas déranger ma voisine pour lui en demander un. Dommage car ils avaient l'air drôlement efficaces !

Je regrettais amèrement de n'en avoir pas apporté vu le froid avec lequel me traitait maintenant Éric. Peut-être avait-il vraiment envie de dormir ? Je pouvais le comprendre, mais quelque chose clochait dans la manière dont il s'était empressé de me dire bonne nuit. Il me traitait désormais comme si nous étions des amis, pas des amants. Même son dernier baiser m'avait paru bizarre. C'était comme si, entre le moment où il était sorti des toilettes et le moment où il s'était assis près de moi, un autre homme était revenu. Froid, même glacial : pire que la clim ! Il y avait encore sept heures de vol et elles promettaient d'être longues.

Je repensais à ce qui s'était passé. Oui, la situation avait été excitante. Mais dans sept heures, y aurait-il encore quoi que ce soit entre nous ? Les choses avaient dérapé et même si, sur le moment j'avais assumé pleinement, le doute m'envahissait, à présent que j'étais dans le calme de mes pensées, livrée à moi-même.

En fait, j'étais restée fixée sur cette histoire d'amour de

vacances à cause de la malédiction. Mais en réalité, je cherchais l'amour véritable. J'avais juré de ne plus jamais me mettre avec un homme comme Charlie, mon ex, que j'avais quitté avant de partir. Je n'avais jamais réussi à tomber amoureuse de lui, sûrement à cause de ses ronflements. Mais par défi face à cette malédiction sûrement, je ne voulais pas rentrer à la maison sans avoir eu un amour de vacances, tout en sachant qu'il ne durerait sûrement pas. Je n'en étais pas à une contradiction près.

J'avais donc fait cette folie et maintenant je ne savais plus où me mettre. Oui, cet homme était attirant, mais si nous n'avions pas été dans cet avion, cette aventure ne serait sûrement jamais advenue.

D'abord, il était plus vieux que moi. Et en général, j'étais davantage attirée par les hommes plus jeunes ou bien ceux de mon âge. Dans la précipitation du moment, je ne le lui avais même pas demandé d'ailleurs. Je ne savais finalement pas grand-chose de cet homme sur l'épaule duquel j'essayais de dormir sans y parvenir.

Je décidai d'attendre qu'il s'assoupisse pour regarder un film. Je n'avais qu'une envie : sortir de cet avion et rentrer à la maison. Oublier tout ce qui s'était passé comme si ça n'avait été qu'un rêve. Je n'avais pas non plus envie qu'il m'embrasse au réveil après ce qui venait de se passer. J'espérais que lorsqu'ils auraient servi le petit-déjeuner, il retournerait près de son collègue et Luana près de moi.

Luana. Elle était dans les bras de Morphée. Et elle avait réussi à s'endormir sur l'épaule de Louis, la bienheureuse ! Après avoir vérifié qu'Éric dormait, j'avais trouvé un film mexicain sous-titré en français et je me mis à le regarder. Le sommeil eut finalement raison de moi car je ne me souvins pas d'en avoir vu plus de vingt minutes. Je m'étais réveillée alors qu'on servait le petit déjeuner. Je tournai ma tête du côté d'Éric et entrouvris les yeux. Il me sourit :

— Salut.

— Mmmhhh, salut ! lui fis-je en m'étirant.

L'épisode de la veille me revint.

— Je pense que ce serait mieux que je retourne à ma place, dit-il.

La froideur de notre dernier échange la veille était donc toujours de mise.

— Ah, et j'apprécierais que tu restes discrète sur ce qui s'est passé entre nous. J'ai une femme et deux enfants et je n'ai pas envie que mon collègue l'apprenne.

Tout en me disant cela, il mit son alliance à son doigt. J'étais tellement interdite que je hochais la tête sans pouvoir dire mot. Il ne me laissa pas le temps de rétorquer quoi que ce soit de toute manière : il se leva, passa de mon côté sans réveiller ma voisine qui dormait toujours et je le vis réveiller Luana et reprendre sa place.

J'avais été avec un homme marié ! J'avais violé toutes mes règles en une seule nuit ! En temps normal, j'évitais comme la peste tous les hommes pris : ça ne causait que des problèmes. Pire : il avait profité de la situation. Étais-je la seule avec qui il avait trompé sa femme ou bien était-il coutumier du fait ? Je ne le savais pas et ne voulais pas le savoir. Enfin, si, un peu…

Luana s'était rassise près de moi entre temps. Elle était tout sourire, mais quand elle vit mon visage assombri, elle me regarda d'un air interrogatif.

— Raconte-moi ! dit-elle.

— C'est pire que ce que tu crois…

— Ah bon ?

— Je n'aurais jamais dû écrire ces billets doux.

— Mais pourquoi ?

— Il m'a utilisée.

— Quoi ? Comment ?

— On a parlé ensemble et très vite on s'est embrassés. Puis on est allés dans les toilettes et... bref je ne te fais pas de dessin. Quand on est revenus à nos places, il est devenu tout à coup d'une froideur extrême. J'ai trouvé ça bizarre, son empressement à vouloir dormir : je pensais qu'on parlerait toute la nuit encore. Mais j'ai compris ce matin : il m'a demandé de ne rien dire à son collègue car c'est un homme marié ! Tu te rends compte ? J'ai fait à une autre femme, ce que je ne voudrais jamais qu'on me fasse...

— Mais quelle horreur !

— Je me suis faite avoir comme une bleue. Et moi qui étais complètement sous le charme ! Je suis sûre qu'il se demande si je ne vais pas faire une scène avant de sortir de l'avion.

— Laisse-moi réfléchir. Il ne faut pas qu'il puisse sortir d'ici en pensant que ses actes n'auront pas de conséquences.

— À quoi penses-tu ?

— Laisse-moi faire.

— Quoi ? Tu ne veux rien me dire ?

— Non.

— Je te fais confiance : je sais qu'avec toi la vengeance est un plat qui se mange froid.

Je regardai furtivement du côté d'Éric qui discutait comme si de rien n'était avec Louis.

— Et toi, ta nuit ? demandai-je à Luana.

— Louis s'est révélé être un super oreiller. Du coup, pour une fois je n'ai pas si mal dormi.

Je me mis à rire. Ça faisait du bien après ce que je vivais comme une trahison.

— Ça en fait au moins une qui n'aura pas perdu sa nuit ! J'ai mal dormi. Je suis crevée.

— Mais maintenant tu peux dire que tu l'as fait dans un avion !

— Super ! Avec un connard marié qui a profité de la situation. Je ne crois pas que je puisse m'en vanter. Même si...

— Quoi ?

Je lui chuchotai dans l'oreille :

— C'était le meilleur coup que j'aie jamais eu...

— Bah peut-être que c'est ça le plus important après tout : que tu te sois envoyée en l'air comme jamais ! Le reste, on s'en fout !

— Personnellement, je ne m'en fous pas. Mais je n'ai pas posé la question non plus, donc c'est un peu de ma faute.

Le steward arriva avec les plateaux repas du petit déjeuner.

— Thé ou café ?

— Thé, s'il vous plaît, dis-je.

— Pour moi un café, merci, répondit Luana.

— Et voilà un café et un thé pour les deux plus belles filles de l'avion !

J'étais surprise qu'il m'ait incluse dans le compliment. D'habitude, c'était toujours Luana qu'on remarquait... Encore un signe que cette malédiction était vraiment terminée ? Le cousin de Luana avait dit qu'il y aurait une catastrophe si j'arrivais un jour à sortir avec un homme durant mes vacances. Il ne s'était pas trompé. Ce n'était certes pas la catastrophe à laquelle je m'attendais : toutes ces années, je m'étais imaginé des milliers de scénarios sur les conséquences possibles de la levée de cette malédiction. Le crash en avion me paraissait le plus évident. Mais rien ne m'avait préparé à ce qu'on se joue de moi.

La pensée me vint que ça n'était pas tellement ma faute de n'avoir pas éclairci la situation avant, mais la sienne pour ne pas avoir respecté sa femme. Je ne savais même pas qu'elle existait avant il y a un quart d'heure. Je lui en voulais à mort de m'avoir utilisée ainsi, mais je savais que si Luana avait décidé de me venger, alors ce serait sur un mode assez divertissant, comme d'ailleurs le moyen qu'elle avait trouvé pour me faire entrer en contact avec Éric. Luana me donna un coup de coude.

— Mange. Qu'est-ce que tu attends ?

— Désolée, j'étais perdue dans mes pensées.

— Tu devrais avoir faim après tes exploits de cette nuit.

— Tu as raison. Je pourrais manger un lion.

Je me mis à manger tandis que je regardais Éric de côté. Il mangeait tout en parlant avec Louis. Ma voisine, elle, ne s'était toujours pas réveillée.

Il restait moins d'une heure avant de pouvoir finalement partir de cet avion dont l'atmosphère était devenue pour moi suffocante. J'avais hâte d'en sortir. J'aurais voulu pouvoir prendre une douche tout de suite et me laver de l'odeur qu'il avait laissée sur moi : je ne voulais plus rien sentir qui me rappelait qu'il m'avait touchée. Les plateaux repas desservis, j'allai en direction des toilettes de l'avion en passant par le couloir opposé à celui où était assis Éric. Le voisin de Luana m'avait, comme à son habitude, fusillée du regard.

Les toutes premières toilettes disponibles étaient incidemment celles où nous nous étions enfermés avec Éric dans la nuit. Ironie du sort ? C'était encore plus sale qu'avant et il n'y avait aucune trace de ce qui avait pu s'y passer. L'eau froide sur mes mains me fit du bien. Je les lavai à grand renfort de savon ainsi que le visage et le cou. J'aurais voulu me laver entièrement, mais ça n'était pas pratique dans ce lieu exigu. Je pensais déjà au long bain que j'allais m'octroyer chez moi. À défaut, je me lavai les dents et je refis mon maquillage. Il n'était pas question que je montre à Éric mon malaise intérieur. Il s'était joué de moi et j'allais rester stoïque jusqu'au bout en attendant de voir ce que Luana pouvait bien mijoter.

En retournant à ma place, je pris le couloir où était assis Éric. Je lui fis un sourire, sûre de moi, mais aussi à Louis, son collègue. Éric me lança un regard appréhensif. Comme s'il ne comprenait pas où je voulais en venir. Je ne savais pas ce que Luana manigançait, mais j'étais sûre que ça vaudrait le détour. Ses yeux avaient un air interrogateur. Je retournais à ma place et je fus étonnée que ma voisine qui avait passé les billets doux ne se réveille pas alors que je l'enjambais comme je pouvais, mais que forcément, je l'effleurais au passage.

Luana voulait regarder un film. Je trouvais frustrant de voir seulement le début sans avoir le temps d'aller jusqu'au bout, mais j'aurais fait n'importe quoi pour pouvoir m'aérer l'esprit et penser à autre chose qu'Éric et à comment je m'étais sentie insultée par lui. Luana avait choisi une comédie. De toute manière, je n'avais aucune envie de voir quelque chose de dramatique : j'avais besoin de rire. Tous les acteurs de ce film américain m'étaient inconnus. Elle n'avait peut-être même pas été distribuée en France. Les gags étaient vraiment rase-motte. Mais ça faisait le travail : grâce au film, j'avais pu oublier Éric pour au moins quelques minutes.

Le voyant qui indiquait qu'il fallait attacher la ceinture s'était allumé et l'avion avait initié sa descente. Je ne me sentais jamais très en sécurité dans les avions. J'avais toujours l'impression que j'allais mourir avant l'atterrissage. Je m'agrippai aux accoudoirs et j'attendis que la boule que j'avais au ventre s'en aille. Cinq minutes après, j'étais baignée de sueur : c'était toujours la même chose.

Finalement nous avions atterri sans encombre. Ouf, au moins pas de crash inclus avec la malédiction. La seule conséquence était qu'un homme marié s'était joué de moi. La rage montait en moi. J'avais envie de faire un esclandre devant tout le monde, un peu comme la fille du bar de la plage avec Andy. J'aurais voulu lui mettre une gifle devant son collègue. Je m'imaginais même lui mettre un coup de genou à l'entrejambe. Il l'aurait bien mérité.

C'était le moment de détacher les ceintures et de prendre les bagages à main. Celui de Luana était du côté où se trouvaient Éric et Louis. Le mien de l'autre. C'était mieux ainsi, vu l'état dans lequel j'étais, il ne valait mieux pas qu'il soit près de moi. Je ne voulais plus jamais qu'il ne me parle ou ne me touche. Éric continuait à me jeter des coups d'œil. Quand je le voyais en train de m'épier, je tâchais de garder la même contenance, de me montrer sûre de moi. Dédaigneuse. Un vrai rôle de composition dans ces circonstances. Luana me fit signe de regarder dans sa direction.

Elle se dirigea vers Louis et lui dit quelque chose dans l'oreille. Je ne réussis pas à comprendre quoi. Éric non plus apparemment, mais en tous les cas Louis était devenu rouge comme une tomate. Il regardait Luana, puis Éric avec les yeux écarquillés. Luana lui donna un baiser sur la joue et me fis signe d'y aller.

CHAPITRE 4
NOUVELLE EXPLOSIVE

J'étais tellement obnubilée par la situation avec Éric que je n'avais pas remarqué que les gens dans le couloir n'avançaient pas. Tout le monde était à l'arrêt depuis dix bonnes minutes. Le téléphone portable d'une femme devant moi se mit à sonner. Je me mis à écouter sa conversation.

— Allô ? Salut mon grand, ça va ? Qu'est-ce que tu veux dire par la grippe porcine ? Mais non. Mais qu'est-ce que tu racontes ? La quarantaine ? Pour ce vol ? Mais que veux-tu dire ? Quoi ? Non, ce n'est pas possible, il faut que j'aille travailler demain. Deux jours ? Mais quand a-t-elle commencé, cette grippe porcine ?

Tandis que j'écoutais sa conversation, j'avais moi aussi rallumé mon portable. C'était un concerto de sonneries dans l'avion. Une cacophonie de conversations et de cris, assez anormaux. Le mot grippe porcine revenait sur toutes les lèvres : un vent de panique soufflait dans l'avion. Tout d'un coup, le commandant de bord fit une annonce.

« Chers passagers, je vous demande votre attention s'il vous plaît. Nous devons faire face à une situation inédite. Pendant que nous étions en vol, une violente épidémie de grippe porcine s'est déclarée à Mexico. Certaines personnes sont mortes sans qu'on ait pu les sauver. Il n'y a pas de remède connu et les autorités sanitaires ont décidé de mettre ce vol en quarantaine. Concrètement, cela signifie que vous ne pourrez pas prendre vos correspondances ou sortir de l'aéroport durant les prochaines 48 heures. »

Ce furent des cris d'indignation dans tout l'avion. Et voilà, j'en étais sûre maintenant : c'était ça, la véritable catastrophe de la malédiction ! Je m'étais crue suffisamment malchanceuse pour être tombée sur un homme marié et voilà qu'en plus je devais rester coincée avec lui pendant encore deux jours ! Et puis je ne voulais pas mourir de cette grippe porcine en pensant que le dernier homme avec qui j'avais été s'était joué de moi. Luana semblait tout aussi dépitée. Éric était au téléphone et Louis aussi. Le mien se mit à vibrer pour m'informer que j'avais dix messages.

« Je vous demande de bien vouloir rester calmes. Nous ne pouvons pas vous faire descendre de l'avion pour le moment car les autorités sanitaires sont en train de préparer la salle de quarantaine qui vous accueillera. Elle devrait être prête dans les deux heures qui viennent. Nous vous demandons de bien vouloir regagner vos sièges. Nous vous informerons dès que nous aurons des nouveautés sur la situation. Nous vous prions également de bien vouloir remettre les bagages dans les porte-bagages situés au-dessus de vous afin que la circulation puisse se faire sans encombre dans les couloirs. Nous vous remercions pour votre aimable collaboration. »

Je remis le mien dans le porte-bagage et je proposai de l'aide à mon voisin pour remettre le sien également. Il serra la poignée de son bagage à main en me faisant un sourire courtois, mais pincé.

— Merci. Je vais me débrouiller seul.

Avait-il donc peur que je lui donne la grippe porcine ou bien était-ce de la fierté masculine mal placée ? Je retournai m'asseoir à mon siège. Luana fit de même.

— Mais c'est quoi ce truc ? Tu as déjà entendu parler de la grippe porcine, toi ? demandai-je à Luana.

— Non. De l'aviaire, oui, mais jamais de celle-ci.

— Tu penses qu'il y a vraiment une possibilité pour que nous l'ayons attrapée ?

— Toi peut-être, après tout, tu as bien passé la nuit avec un porc hier soir.

Ça ne me faisait pas rire. Je lui donnai un coup de coude. Luana se massa le bras.

— Ben quoi ? C'est vrai, non ?

— Oui et maintenant je suis coincée deux jours avec lui ! La punition ultime pour ne pas avoir demandé s'il était marié ou juste une énième conséquence de la malédiction de Miguel.

Mon téléphone se mit à sonner.

— Allô ? Salut maman. Non tout va bien. Nous sommes arrivées, mais nous ne pouvons pas sortir de l'avion. Apparemment nous devons rester en quarantaine pendant deux jours. Non, nous n'avons pas eu trop de détails sur comment cela fonctionnera. On attend des informations. Moi ? Non, je n'ai rien. Enfin, je ne sais même pas quels sont les symptômes de toute manière. Une grande fatigue ? Oui, d'accord, mais c'est plus parce que je n'ai pas dormi de tout le voyage. De la toux ? Non, à part que je suis fatiguée, je n'ai rien qui ressemble à une grippe. Oui, Luana va bien également. Elle est juste fatiguée du voyage elle aussi. Oui, c'était magnifique. Je te ferai voir les photos quand on se verra. Je ne sais pas quand maman, je t'appellerai quand on sera sorties de l'aéroport dans quarante huit heures. Écoute, la batterie de mon portable est pratiquement déchargée. Tu peux prévenir la famille et les amis pour dire que tout va bien et que je retournerai à la civilisation dans deux jours ? Ok ? Alors à bientôt. Oui maman, à plus tard. Bisous !

Je n'avais pas dit la vérité à ma mère bien que je n'aime pas lui mentir. Mon téléphone était rechargé, mais je ne voulais pas qu'elle m'appelle toutes les cinq minutes comme elle le faisait quand elle avait peur pour moi. Et puis j'avais la flemme d'appeler tout le monde. La situation n'était pas vraiment claire et je voulais en savoir davantage avant de pouvoir raconter quoi que ce soit.

Charlie avait tenté de m'appeler par trois fois et m'avait envoyé un SMS.

> Julia, je voulais simplement m'assurer que tout va bien. J'ai vu qu'il y a la grippe porcine à Mexico. Fais-moi signe quand tu rentres.

— Charlie a écrit.

— Le ronfleur fou ne te laisse jamais en paix, si ?

— Non. Il m'aime, que veux-tu ?

— Oui, mais il est aussi complètement jaloux et manipulateur. Je ne comprends pas pourquoi tu n'as pas encore réussi à l'éliminer de ta vie.

— Je l'ai fait, mais il continue à s'accrocher... Et on va dire qu'avec lui, c'est compliqué de résister à l'appel de la chair.

— Ça te ferait du bien de vivre comme une nonne pendant quelques temps…

— Dit celle qui a eu Gabriel durant les vacances à Mexico…

Les yeux clos, je repensai à mon ex, Charlie, que j'avais quitté il y a un mois et à la première fois où nous nous étions rencontrés...

Il avait vingt-cinq ans, soit trois années de moins que moi. Étudiant, il vivait encore chez ses parents. Ce n'était pas idéal comme situation, mais sa photographie sur un site de rencontres et les échanges drôles que nous avions eus avaient achevé de me convaincre de le rencontrer. Je lui avais donné rendez-vous dans un café près de chez moi et quand il arriva, quelque chose que je n'avais jamais ressenti auparavant avec aucun homme se passa.

Ça n'avait rien à voir avec un coup de foudre. C'était totalement animal. Comme s'il m'attirait à lui en sécrétant je ne sais quelles phéromones auxquelles j'étais incapable de résister. D'ailleurs mon corps semblait comme envoûté : tout d'un coup pris d'une volonté propre. J'avais non pas envie, mais un besoin féroce de me rapprocher de lui, de le toucher, de l'embrasser, alors que je ne le connaissais que depuis cinq minutes.

Cela me fit peur : du désir pour des hommes, j'en avais eu, oui, mais une telle envie irrépressible et même presque incontrôlable d'un inconnu, jamais. Je me disais même que c'était une réaction plutôt dangereuse. Si tous les gens éprouvaient le même désir animal que je ressentais en ce moment avec une personne du sexe opposé, la rue finirait en baisodrome !

Je voyais bien que c'était purement sexuel : peut-être le résultat d'une diète forcée de ce côté-là après avoir été quittée par mon copain précédent ? Ou bien étaient-ce mes hormones ?

Après une demi-heure à peine de conversation où j'avais contenu tant bien que mal les élans de rapprochement spontanés de mon corps, il m'avait pris la main et cela avait déclenché une réaction en chaîne : il me le fallait tout de suite ! Il m'avait embrassée et ça avait été le début de la fin.

Après avoir laissé de quoi largement couvrir la note, nous étions partis du café en toute hâte. Auparavant, je n'avais jamais ramené un homme chez moi la première nuit. Encore moins si je l'avais rencontré depuis une demi-heure – même si j'avais l'impression de le connaître davantage du fait de nos échanges sur Internet. Pour tous les hommes précédents dans ma vie, j'avais pris mon temps. Mais avec tous les autres, je n'avais jamais ressenti l'animalité qui m'assaillait à présent. Les cinq cents mètres et cinq étages qui nous séparaient de chez moi m'avaient semblé une éternité tant ce désir fou m'assaillait.

Ce Charlie avait vraiment quelque chose de très spécial. D'animal. J'avais admiré son corps bronzé, glabre et parfaitement sculpté. Son odeur ultra-agréable, que je respirais de toute part, accentuait encore davantage l'attraction qui me poussait vers lui. Il m'avait eue. Il n'existait plus rien d'autre que lui. J'expérimentais enfin la définition du mot magnétisme : le sien était incomparable.

Je m'en mordis les doigts quand il s'endormit bien plus tard dans mon lit et qu'il se mit à ronfler. Un ronflement tout aussi fort que l'avait été son magnétisme sur moi !

Comment était-il possible que la perfection du moment précédent puisse être ruinée un si court instant ? Impossible de m'endormir. J'étais passée du paradis à l'enfer, d'un moment d'extase à des envies de meurtre.

S'il y avait une chose à laquelle il ne fallait pas toucher, c'était mon sommeil. Marmotte devant l'Éternel, un rien me réveille. Autant dire que Charlie ronflant à mes côtés me faisait le même effet qu'un bateau qui rentre dans le port sirènes hurlantes toutes les cinq secondes. J'avais d'abord essayé la patience en priant pour pouvoir m'endormir malgré le volume sonore ambiant, mais ça n'avait duré que cinq minutes. Puis de lui pincer la main, ce qui avait eu un effet durant une minute avant qu'il ne se remette à ronfler encore plus fort – car oui, c'était possible ! J'avais essayé de le mettre dans une autre position et de lui pincer le nez, mais rien n'y faisait et j'étais à bout. Je décidai de le réveiller en le secouant pas très gentiment.

— Tu sais que tu ronfles ?

— Ah... Oui, on me l'a déjà dit. Désolé... me dit-il à moitié éveillé.

— Je n'arrive pas à dormir. Ça m'ennuie de te demander ça, mais est-ce que ce serait possible que tu rentres chez toi ? J'ai eu une semaine difficile au travail et je suis crevée. Il faut que je récupère.

Il saisit mon réveil où l'heure était indiquée.

— Mmmh... fit-il en se laissant tomber sur l'oreiller. Il n'y a plus de métros à cette heure-ci et mes parents vivent de l'autre côté de Paris. Je ne vais quand-même pas rentrer à pied.

Sa réponse ne me plut pas beaucoup. Je n'étais pas assez riche pour lui offrir un taxi qui allait si loin. Je dus me résoudre au plan B.

— Ok, reste là, je vais dormir dans le salon.

— Tu es sûre ? Si tu veux, c'est moi qui y vais.

— Non, non, c'est bon, j'y vais. Pour ouvrir le canapé-lit, c'est tout un bazar. Reste là, je m'en occupe.

Je n'avais aucune envie de dormir dans ce canapé-lit incommode. Je l'ouvris tant bien que mal. Faire le lit était au-dessus de mes forces. Je pris la couverture qui recouvrait le canapé d'habitude et m'en enveloppai avant de m'allonger sur le matelas.

Cela ne changea pas grand-chose. Les murs de chez moi - je l'appris ce soir-là - étaient en carton-pâte et je pouvais l'entendre ronfler presque comme s'il était dans le lit près de moi. Je pris des bouchons d'oreille même si je ne les avais jamais supportés pour dormir. Mais Charlie ronflait tellement fort qu'ils ne me servaient à rien.

Après l'avoir maudit une bonne partie de la nuit, je me souvins tout d'un coup qu'à cinq heures du matin, le métro redémarrait. Ça ne serait certes pas très sympa, mais enfin je pourrais dormir tranquillement si mon voisin ne se mettait pas à jouer de la perceuse comme il en avait l'habitude le samedi à huit heures... Je décidai donc de le réveiller.

— Charlie ?

— Hmm ? Quelle heure est-il ?

— Cinq heures du matin. Ça fait trois heures que j'essaie de dormir en vain.

— Je suis désolé, Julia.

— Il y a une chose que tu peux faire pour changer la situation.

Il dut penser que je voulais encore faire l'amour et me prit dans ses bras en commençant à m'embrasser. Je le repoussai gentiment.

— Non, je ne faisais pas allusion à ça. À cette heure-ci,

il y a des métros pour que tu puisses rentrer chez toi. Je suis désolée de te le demander, mais j'ai absolument besoin de dormir et avec toi qui ronfles à côté, c'est impossible. S'il te plaît, peux-tu t'en aller ?

— Je ronfle à ce point ?

— Oui.

Il m'attira à lui et commença à me caresser. Je me dégageai à nouveau.

— Tu es sûre de ne pas vouloir ?

— Charlie, je n'ai pas pu dormir de la nuit. Je suis crevée.

— Ok, je comprends. Mais à te voir comme ça, je ne peux pas résister.

Il sut très vite comment me faire oublier cette nuit sans sommeil... Nous étions restés ensemble trois mois au total malgré ses ronflements. Son magnétisme sexuel me retenait presque enchaînée à lui. Après cette nuit fatale, j'avais pris l'habitude de le renvoyer chez lui le soir. Du coup, nous ne dormions jamais ensemble, ce qui l'ennuyait beaucoup, mais qui me convenait parfaitement...

Assez vite, je me rendis compte qu'il me voulait seulement pour lui et qu'il avait du mal à me partager avec mes amis notamment. Il faisait tout pour me détourner d'eux et si un homme avait le malheur de s'approcher de moi, j'avais toujours peur que cela se finisse en bataille rangée. Charlie était bien trop possessif et Luana m'avait convaincue de le quitter. J'avais aussi essayé plusieurs fois, mais il s'arrangeait toujours pour me revoir et à chaque fois, je retombais dans le piège de son magnétisme. C'est aussi pour cela que Luana avait voulu m'éloigner physiquement de lui en m'emmenant au Mexique.

Je n'aurais jamais pu tomber amoureuse de cet homme qui m'empêchait de dormir la nuit et de voir mes amis le jour tant il était possessif. J'étais arrivée à la conclusion qu'il ne fallait plus jamais que j'utilise des sites de rencontre et que je devais attendre que la vie me donne de nouveau un homme que j'aimerais. Et avec Charlie qui me donnait ma dose de sexe quand j'en avais besoin, je n'étais plus aussi désespérée de trouver quelqu'un.

Le problème, c'est que Charlie était fou amoureux de moi. Le seul fait de lui avoir dit que pour moi, il ne serait jamais qu'un *sex friend* avait dû le toucher dans son orgueil. C'était toujours la même histoire : tu veux toujours ce que tu ne peux pas avoir. Mais mes sentiments pour lui n'avaient pas changé, bien au contraire. Il voulait me voir de plus en plus souvent, mais ma seule raison – très égoïste, j'en conviens – pour lui dire oui était de m'envoyer en l'air.

Un mois avant que je ne parte pour le Mexique, il m'avait fait une scène de jalousie : il ne voulait pas que je m'en aille loin de lui pour deux semaines. J'avais décrété que j'en avais assez, qu'il n'était pas possible de continuer ainsi. Il m'avait suppliée de ne pas le quitter, qu'il pouvait se contenter de ce que je pouvais lui donner.

Pourtant je savais qu'il souffrait à cause de cet amour non réciproque. Je ne voulais pas faire durer quelque chose qui n'était ni sain pour moi, ni pour lui. Je l'avais donc quitté après avoir fait l'amour avec lui une dernière fois – pas folle la guêpe ! Il était conscient qu'après cela, il ne me toucherait plus jamais et m'avait témoigné une passion ardente tout en ravalant sa tristesse.

Il me disait qu'il m'aimait et que j'étais la femme de sa vie. Je voulais juste qu'il se taise pour que je puisse me concentrer sur nos ébats. C'était la raison précise pour laquelle je souhaitais le quitter : quand un sentiment n'est pas réciproque, il devient insupportable. Il me supplia encore une fois de ne pas le laisser, mais cette fois j'étais résolue. Je ne pouvais pas continuer ainsi.

Il était totalement dévasté quand il était parti. Même si je ne me sentais pas très fière de le voir aussi mal, j'essayais de rester intransigeante pour ne lui donner aucun espoir. Ça n'était pas une décision facile parce qu'il était probablement l'amant le plus passionné que j'aie jamais eu, mais c'était la bonne chose à faire. Il trouverait bientôt sûrement une fille qui l'apprécierait pour ses qualités et aussi sûrement pour ses ronflements...

Après avoir mis fin à la relation, j'avais été enthousiaste à l'idée de partir pour le Mexique loin de Charlie et d'être enfin en vacances.

— Tu as raison, je ne réussis pas moi-même à suivre le conseil que je te donne, me dit Luana. Mais vraiment il faut que tu arrêtes de voir Charlie. Tu devrais plutôt tenter de trouver un homme bien.

— Mais je ne fais que ça, ma petite Luana, je te signale ! Disons qu'avec ce porc à côté que je dois encore me coltiner durant quarante-huit heures, tu admettras que je ne peux pas mettre ce plan en action avant de sortir de l'aéroport. Enfin, si nous réussissons à en sortir. Peut-être que nous en repartirons les pieds devant et que tu seras la dernière personne que j'aurais tenue dans mes bras.

Luana me donna un coup de coude.

— Arrête tout de suite ton mélodrame. Si quelqu'un est malade, c'est sûrement à cause de l'air conditionné qui est dix fois trop fort, comme toujours dans les avions. Et s'il y a vraiment un cas de grippe, je suis sûre que la personne sera emmenée directement à l'hôpital. Ta famille respire la santé et la mienne aussi. Il n'y a que des centenaires de chaque côté. Je fais confiance à nos gènes. Toi et moi, nous n'avons rien à craindre. Et puis si vraiment il le faut, mon cousin a bien dit que moi aussi j'étais chamane, non ?

— Mais je croyais que tu ne voulais pas en entendre parler.

— Si c'est pour sauver ma meilleure amie, je deviens chamane demain !

— Tu l'es déjà de toute façon. Même si je doute que tu

puisses exercer du jour au lendemain comme ça.

— Quand j'avais revu mon cousin il y a quelques années, il m'avait expliqué qu'il avait dû rester trois jours et trois nuits dans la forêt sans manger, boire, ni dormir. C'était son initiation. C'est un peu la raison pour laquelle ça ne me branche pas plus que ça. Et puis aussi, jusqu'ici, je n'y croyais pas vraiment. Mais vu ce qu'on est en train de vivre, je me dis qu'il devait avoir sacrément le béguin pour toi à l'époque pour t'avoir puni avec un sort d'une telle ampleur.

— Je lui revaudrai ça à ton cousin, si on en sort vivantes ! Y'a moyen de faire une initiation express sans passer par la case forêt et que tu m'apprennes à jeter des sorts moi aussi ?

— Aucune idée, mais de toute manière, moi, je ne touche pas à ça. Je te guérirai s'il le faut. Le reste, c'est *niet*.

J'étais déçue. Miguel ne perdait vraiment rien pour attendre. Si ça se trouve, la catastrophe n'était pas finie et j'allais tomber aussi malade. Peut-être étais-je déjà contaminée ?

— Regarde comme tout le monde semble paniqué autour de nous. J'ai l'impression qu'ils ont tous peur.

Et moi la première ! pensai-je.

— C'est normal. Peut-être qu'ils se demandent si le voisin a quelque chose.

Je regardai ma voisine. Elle dormait encore. Vraiment, il fallait que je lui demande sa marque de somnifères. Ils avaient l'air super efficaces. Mon téléphone sonna. C'était ma sœur.

— Allô ? Comment tu vas ? Non, bien. Je ne pense pas être malade et je ne vois personne avec des symptômes dans l'avion. Sérieusement ? Quinze jours sans voir personne ? Ok. Mais attends, tu es en train de me dire que si je l'ai, tu me laisses mourir seule ? Merci ma chère sœur, ça m'a fait très plaisir de t'entendre une dernière fois pour me dire ces paroles de réconfort absolu. Au contraire, je t'ai très bien comprise. Tu t'en fous de moi. Tout ce qui compte, c'est ta famille. À croire que je ne fais plus partie de la tienne. Bon écoute, ils font une annonce, je te laisse.

« Chers passagers, nous devons attendre encore environ trente minutes avant que les services sanitaires ne soient prêts : chaque passager sera contrôlé par un médecin. Il faudra un peu de temps pour faire ces visites médicales. Nous vous demandons de rester assis jusqu'à ce qu'on vienne vous chercher. Nous commencerons par la première rangée, puis dans l'ordre jusqu'à la dernière. Vous pourrez ensuite vous rendre au poste de contrôle pour passer la douane et récupérer vos bagages qui sont stockés en salle de quarantaine. Il y aura des toilettes et des douches à votre disposition. On vous donnera également des lits de camp pour la nuit. Deux repas vous seront servis pour ce midi et ce soir. On vous distribuera également des bouteilles d'eau. Dans environ quarante-huit heures, vous aurez la possibilité de rentrer chez vous ou de prendre un vol de correspondance gratuitement. Au nom de la compagnie Air Mexico, nous nous excusons pour le désagrément occasionné par ces circonstances tout à fait exceptionnelles. Le personnel de bord est à votre disposition pour vous assister. Nous allons bientôt vous appeler un par un pour la visite médicale. Nous vous remercions de garder votre calme et de rester assis sauf pour aller aux toilettes. »

Je regardai ma voisine de nouveau. Tout d'un coup, je me mis à avoir peur qu'elle ne se réveille plus. Je la secouai légèrement pour être sûre qu'elle était encore en vie.

— Madame ?

Elle ne répondait pas. Je la secouai encore un peu plus et un filet de bave tomba de sa bouche.

— À l'aide ! À l'aide !

Je mis ma main sur le haut de sa poitrine. Elle respirait encore. Je ne savais pas quoi faire. Un steward arriva. Tous les autres passagers autour de nous se terraient dans leur siège. Tous, à part Luana et moi. Nous avions déjà été en contact avec elle de toute manière et si elle avait la grippe porcine, alors il était trop tard pour s'en protéger. J'aidais le steward à la porter vers l'avant de l'avion avec Luana. Éric me regarda comme si j'étais folle, mais ne bougea pas le petit doigt. Une civière et des pompiers masqués et en combinaison attendaient déjà devant.

Après qu'elle fut emmenée en dehors de l'avion, un homme en combinaison blanche portant un masque nous demanda de nous laver les mains. Nous nous étions exécutées, puis nous étions retournées à nos sièges. Tout le monde nous avait regardé comme si nous étions pestiférées : même Louis et Éric. Le voisin de Luana s'était aussitôt levé de son siège pour éviter d'être touché au passage par l'une d'entre nous. Il tenait son corps orienté au maximum vers le couloir. Il avait même demandé à un steward s'il pouvait changer de place. Mais le steward avait refusé, le vol était plein. Je pensai à ma voisine qui était sûrement à l'hôpital à cette heure-ci. C'était très bizarre. J'aurais dû, moi aussi, céder à la panique, mais je me sentais étrangement calme.

Avec Luana, nous avions passé deux heures à regarder un film, même s'il était difficile de se concentrer avec ce concert permanent de sonneries téléphoniques et de conversations angoissées.

Les autres passagers étaient tous pris de panique. Je ne sais si c'était parce que la première réaction de ma sœur avait été de me dire de ne pas m'approcher d'elle et de ses enfants pendant les deux semaines d'incubation parce qu'elle avait peur que j'aie la grippe porcine, mais je ne m'affolais plus. Je réalisai que je devais mourir de toute manière, donc aujourd'hui de la grippe porcine ou demain d'autre chose, ça ne changeait rien à ma destination finale.

Je comprenais un peu mieux comment fonctionnait la nature humaine. Pour ma sœur, protéger ses enfants était bien plus important. À l'idée qu'elle aurait pu me laisser mourir seule, je me disais que son amour filial était bien plus développé que l'amour fraternel.

Ma mère ne m'avait rien dit du genre. Au contraire, elle voulait que je rentre le plus vite possible à la maison pour me protéger de cette grippe. Mais à part elle, tout le monde réagissait comme ma sœur : chacun pour soi. Ils n'avaient plus aucune considération pour l'humain porteur du virus.

D'ailleurs les passagers mêmes de l'avion semblaient suspicieux de leurs propres voisins. Il fallait éviter à tout prix d'attraper la grippe et donc de toucher les autres et même de respirer. Certaines personnes avaient constamment la main devant la bouche ou un foulard sur le nez depuis l'annonce.

Enfin, Luana partit à la visite médicale avant moi. Éric et Louis qui étaient un rang devant nous étaient eux aussi déjà sortis. C'était finalement mon tour de voir le médecin ou ce qu'il en restait. Parce qu'en réalité, je ne voyais pas grand-chose de lui à part ses yeux : il était complètement recouvert d'un masque et d'une combinaison blanche. On se serait cru dans E.T. quand les scientifiques viennent chercher chez Elliott.

Il m'ausculta : je me sentais comme un animal de foire. Il me prit la tension, contrôla mes réflexes et mes yeux. Il m'avait posé tout un tas de questions : où j'avais été au Mexique, si j'avais été en contact avec des animaux sauvages, les noms des personnes avec qui j'avais eu des contacts, si je connaissais ma voisine dans l'avion et si j'avais eu beaucoup de contacts physiques avec elle.

Après m'être assurée que le secret médical serait respecté, j'avais raconté mon histoire avec Éric et elle me paraissait encore plus sordide maintenant. S'envoyer en l'air dans un avion me semblait beaucoup moins *glamour* à la lumière des événements. Je me sentais comme au poste de police : soumise à un interrogatoire auquel je n'avais pas du tout envie de répondre. Particulièrement quand le médecin m'avait demandé si j'avais eu des rapports sexuels. J'aurais voulu dire non, mais ma conscience me disait que je lui devais la vérité, parce que si Éric avait contracté la maladie, j'aurais voulu le savoir. Je lui dis oui sans entrer dans les détails. Il me demanda aussi si je voyageais seule et je lui dis que j'étais avec Luana. Elle se trouvait déjà sûrement en salle de quarantaine.

Le médecin m'avait fait déshabiller et contrôlait tout. Il ne voulait pas me dire si ma voisine était encore vivante ou si elle avait attrapé la grippe porcine. Je posai la seule question qui m'importait pour le moment dans mon état de fatigue et de décalage horaire avancé.

— Y'a-t-il une possibilité pour dormir ? Je me suis peu reposée dans l'avion et je suis très fatiguée.

— Il y aura des lits de camp qui arriveront plus tard. Pour le moment, vous devrez vous contenter des sièges disposés dans la salle. Je suis désolé.

J'étais dépitée. Moi qui avais rêvé d'une douche et d'un bon lit. J'étais partie pour une journée en mode zombie, comme celle que j'avais passée après ma première nuit sans sommeil avec Charlie.

— Je peux me rhabiller ?

— Oui, j'ai votre adresse et votre numéro de téléphone. Vous pouvez aller passer la frontière.

Je me dirigeai vers la sortie. Le poste de contrôle était immédiatement après. Même les policiers cachés derrière leur vitre portaient une combinaison et un masque de protection. On ne voyait que les yeux.

— Votre passeport, s'il vous plaît.

Le policier me rendait nerveuse. Je cherchai fébrilement mon passeport dans mon sac. Il était rempli de tout un tas de choses et je n'arrivais pas à mettre la main sur mon portefeuille. Normalement j'aurais dû avoir le temps de le chercher pendant que je faisais la queue, mais là, j'étais seule devant le policier. Il avait dû voir ma panique, alors il me rassura :

— Prenez votre temps, il n'y a pas le feu.

— Merci, je ne sais pas où je l'ai mis.

J'avais cherché ce qui me parut comme deux minutes interminables sous le regard interrogateur du policier.

— Et voilà !

Il observa le passeport ainsi que la date d'entrée au Mexique. Il entra quelques informations sur l'ordinateur, tamponna le passeport, puis me le rendit.

Je parcourus un couloir interminable pour rejoindre la salle de quarantaine. Il n'y avait pas âme qui vive. Un chariot avec des produits de nettoyage traînait devant des toilettes : comme si le personnel qui faisait le ménage l'avait abandonné à la va-vite en sachant que des personnes potentiellement contaminées arrivaient. Des panneaux nouvellement imprimés indiquaient la direction à suivre pour rejoindre la salle de quarantaine.

J'y arrivai finalement. Luana et moi avions été assises dans la partie centrale de l'avion et je me demandais comment la salle pourrait contenir le reste des personnes qui s'y trouvaient encore. Dans un angle se trouvaient les bagages des passagers qui n'étaient pas encore dans la salle. Le rare personnel qui se trouvait là portait un masque et une combinaison blanche. Luana se dirigea vers moi dès qu'elle me vit.

— Viens, j'ai pris ton bagage. J'ai trouvé des coussins et si tu veux nous pouvons manger un sandwich.

— Eh bien, tu t'es déjà installée en mon absence ! Je ne dis pas non pour le sandwich, j'ai une faim de loup ! Mais s'il est possible de prendre une douche avant de manger, j'irais bien.

— Il n'y en a que trois chez les femmes. Regarde s'il y en a une de libre, il y avait la queue jusque là.

— Il faut d'abord que je trouve ma valise pour que je puisse prendre ma serviette, ma trousse de toilette et des vêtements pour me changer.

Luana me l'indiqua du doigt.

— Tiens, je te l'ai récupérée.

Luana était un amour : on pouvait vraiment compter sur elle. Qu'elle ait déjà pris ses quartiers et tout organisé ne me surprenait pas. J'ouvris ma valise et cherchai dans mes affaires. Ma serviette commençait à sentir le moisi : je l'avais mise encore humide dedans, pensant faire une machine dès mon arrivée. Je trouvai une robe que j'avais achetée à Mexico et qui, j'en étais sûre, attirerait l'attention des hommes, et peut-être aussi celle d'Éric. Si ce devaient être mes derniers jours sur terre, alors je voulais me faire belle et surtout faire mourir Éric de désir pour moi sans qu'il puisse pour autant me ravoir. Je me dirigeai vers les douches. J'avais de la chance, une cabine était libre.

J'ouvris la porte. Ça se voyait qu'elle avait été abondamment utilisée car il y avait un certain nombre de cheveux au sol. Pour tout dire, c'était assez immonde. J'essayai de faire un peu le ménage. J'attrapai la masse de cheveux à terre avec dégoût et je me dépêchai de la mettre dans la poubelle la plus proche. Puis je rinçai le bac avant d'entamer ma douche.

Le besoin impérieux de me débarrasser de toute trace d'Éric sur mon corps était plus fort que la faim ou la fatigue : cela faisait des heures que je sentais son odeur sur ma peau. J'étais encore sous le choc de sa confession et du fait que j'allais être confinée avec lui deux jours durant, alors que je pensais être débarrassée de lui à vie une fois sortie de l'aéroport. Il ne me restait plus qu'à l'ignorer complètement ou du moins faire semblant. Avec tout ce qui s'était passé, j'avais complètement oublié de demander à Luana ce qu'elle avait pu dire à Louis, qui l'avait fait rougir ainsi. D'un coup, je sentis la fatigue m'envahir. J'espérais juste que ça n'était pas un symptôme de la grippe porcine.

Je m'étais frottée avec une vigueur égalée seulement quand j'avais eu des traces de cambouis partout en essayant de changer une chambre à air de vélo par le passé. J'avais lavé mes cheveux aussi pour ne plus sentir l'odeur d'Éric.

Je me séchai et mis la robe. J'allais lui faire se mordre les doigts de m'avoir traitée ainsi. Je sortis avec la serviette nouée sur mes cheveux et mes affaires sales sous le bras. Je me regardai dans le miroir : j'avais des cernes et la barbe naissante d'Éric m'avait laissé des rougeurs sur le menton.

Il allait falloir remédier à tout ça. Heureusement que nous les femmes, nous pouvions tricher de temps en temps. On aurait presque pu croire que j'avais dormi huit heures une fois maquillée.

En sortant des toilettes, je tombai nez à nez avec Éric. Il eut l'air surpris de me voir et recula d'un coup tout en me dévisageant. Il devait sûrement avoir peur que je lui transmette le virus vu que j'avais touché ma voisine. Il aurait dû voir que le mal était déjà fait et que ça ne changeait absolument rien puisque nous avions échangé lui et moi bien plus qu'un simple billet doux qu'elle avait touché.

Je m'éloignai prestement en l'ignorant.par le passé. Je ne souhaitais pas lui adresser la parole. Sa réaction présente m'écœurait encore plus. Toutefois, j'aurais voulu avoir des yeux dans le dos pour voir s'il s'était retourné. J'avançais vers Luana sans céder à la tentation de regarder derrière moi. Ça aurait été un signe de faiblesse.

Une grande confusion régnait dans la zone où se trouvaient les bagages. Une personne était allongée par terre et il y avait des gens qui portaient une combinaison et un masque tout autour. L'un d'eux était en train d'écarter une femme qui voulait rester agenouillée à côté de l'homme à terre. Une équipe sanitaire était arrivée pour emporter l'homme sur une civière. La femme restée seule s'affala sur une chaise et sanglota. Les gens qui étaient assis à côté se levèrent d'un coup. La peur, encore et toujours…

Un homme avec un masque annonça :

— Toutes les personnes qui sont entrées en contact avec cet homme sont priées de me suivre.

Automatiquement, la foule s'était éloignée. Quelques personnes s'étaient approchées de l'homme qui avait fait l'annonce. La femme en pleurs également. Je me dirigeai vers Luana :

— Que s'est-il passé ?

— Apparemment, il a les symptômes de la grippe porcine.

— Tu l'avais déjà remarqué, toi, ce type ?

— Jusqu'ici, non.

— Je commence à me demander si nous sortirons vivantes de cette salle.

— Ne commence pas toi aussi, Julia. Je suis sûre que tout ira bien. Tout le monde panique, mais si ça se trouve, ce vieil homme n'a rien ou alors quelque chose de différent de la grippe. Comme ta voisine peut-être.

— Tu as raison. Ne pas céder à la panique. Peut-être qu'on pourrait acheter un journal pour en apprendre davantage sur cette épidémie ?

— Il n'y a pas de vendeur de journaux ici.

— Dommage qu'il ne me reste que dix pages à lire de mon roman. Comment je passe les prochaines quarante-huit heures ?

Je fis un tour d'horizon de la salle à la recherche de prises pour mon téléphone portable. Elles étaient toutes utilisées et il ne me restait pratiquement plus de batterie.

— Peut-être peut-on demander à quelqu'un de faire un échange de livres ?

— Tu sais, je pense qu'en ce moment, personne ne veut toucher personne, pas même le livre de quelqu'un d'autre. Les gens ont une peur irrationnelle d'être contaminés. Surtout par nous puisque nous avons touché ta voisine et que personne ne sait ce qu'elle est devenue.

— Tu as raison.

— J'ai un livre si tu veux.

— Je l'ai déjà lu.

— Ah bon ?

— Il fallait bien que je fasse quelque chose pendant que tu étais avec Gabriel…

Luana me donna un coup de coude.

— Il y a toujours Éric. Maintenant que tu l'as touché de près, grippe ou pas, ça ne fait plus aucune différence.

— Non, mais ça va pas ? Si tu penses que je vais aller lui parler, tu es folle. D'ailleurs... qu'as-tu dit à Louis dans l'avion qui l'a fait rougir comme ça ? Avec toute cette histoire de grippe porcine, j'ai complètement oublié de te demander.

— Bon, je ne suis pas très fière de moi... Je lui ai seulement dit ça parce que je pensais ne plus le revoir.

— Mais, quoi donc ?

— Que c'était dommage que nous n'ayons pas utilisé le temps comme Éric et toi durant la nuit. Qu'on se serait bien amusés.

— Mais ça va pas ?

— Je voulais juste qu'il sache que son collègue n'est pas un ange, surtout qu'il t'avait demandé de ne rien lui dire. Mais tu remarqueras que j'ai été subtile. Je lui ai juste suggéré les choses... Après ce qu'il en a déduit, je n'en sais rien.

— Alors c'est pour ça qu'il n'arrête pas de te regarder ?

Je m'étais tournée vers Louis et je l'avais surpris en train d'observer Luana. En me remarquant, il avait tourné subitement la tête vers Éric, qui du reste, était au téléphone, sûrement avec sa femme. De nouveau, je me demandais s'il l'avait trompée avant moi. Je ne le saurais sûrement jamais. Je demandai à Luana :

— Mais alors ça veut dire que Louis est persuadé que tu veux faire l'amour avec lui ?

— Même si je devais mourir demain, jamais de la vie !

— Il ne faut jamais dire jamais…

— Maintenant que la situation est totalement différente, je peux aller demander un livre à Éric pour toi, mais seulement s'il s'excuse.

— Tu le ferais vraiment ?

— Oui.

— Tu es vraiment trop toi, merci ! On mange d'abord un bout avant ?

Heureusement que Luana avait déjà pris des sandwiches et de l'eau pour nous deux dès qu'elle était arrivée dans la salle de quarantaine. Et nous avions aussi un endroit où nous asseoir alors qu'il y avait des personnes qui s'étaient assises par terre parce qu'il n'y avait pas assez de chaises.

Le sandwich était vraiment sec. Il avait un goût de plastique. Je bus un peu d'eau pour que ça passe mieux. J'observai Éric parler dans son téléphone du coin de l'œil. Il gesticulait et avait l'air très agité. Louis se retournait de temps en temps pour regarder Luana. Je faisais semblant de ne pas le voir, mais à chaque fois qu'il agissait ainsi, j'avais une folle envie de rire.

Je me demandais ce qu'Éric avait pu raconter à Louis quand il lui avait demandé ce qui s'était passé entre nous. Peut-être qu'il était plein de remords ou peut-être que pour lui, tromper c'était comme respirer et qu'il se demandait seulement comment être sûr que cette histoire n'arrive pas aux oreilles de sa femme.

J'étais en train de finir mon sandwich au goût de plastique, quand je vis Louis se matérialiser à côté de Luana.

— Salut ! lui décocha-t-il timidement.

Luana me lança un regard apeuré.

— Louis ! Les gens n'ont-ils pas peur de votre côté de

la salle de s'approcher trop près des autres ?

Luana était sûrement rassurée que Louis ne lui demande pas directement de coucher avec lui.

— Si. Les gens sont très soupçonneux. J'ai l'impression que tous ne pensent qu'à leur propre survie.

Je lui dis :

— Tu n'as pas peur qu'on te voit parler avec nous ?

Louis sembla surpris.

— Pourquoi ?

— À cause de la dame qui était près de moi dans l'avion.

— Non, vu qu'elle était assise pas loin de nous, nous avons respiré le même air aussi. Si elle a vraiment la grippe porcine, alors nous l'avons probablement attrapée également.

Luana demanda :

— Tu as pu parler avec ta famille ?

— Oui.

Louis fixa ses pieds et en relevant la tête fit un grand sourire.

— Luana, est-ce que je pourrais te parler seul à seul ?

Elle me regarda en arquant le sourcil du côté où Louis ne pouvait pas le voir, puis retourna la tête vers lui.

— Oui bien sûr, mais il n'y a pas beaucoup d'endroits où parler seul à seul.

— Nous pourrions aller dans cet angle là-bas ?

Il y avait effectivement un coin vide. Quand Louis se retourna pour aller dans cette direction, Luana porta les yeux au ciel. Je lui fis un sourire goguenard et je levai les deux pouces pour l'encourager en rigolant, comme elle l'avait fait pour moi dans l'avion quand j'étais allée parler à Éric. Elle secoua la tête et se dirigea vers lui en faisant semblant de trainer des pieds pour me faire rire. Je n'avais pas remarqué qu'Éric s'était rapproché pendant qu'ils s'éloignaient.

— Julia, je voudrais m'excuser.

Il me fit sursauter.

— Mais qu'est-ce que tu fais là ?

— Je suis désolé de t'avoir dit les choses comme ça ce matin. Je ne savais pas quoi faire. C'est la première fois que je trompe ma femme et je ne pouvais pas tout risquer.

Mais bien sûr, quelle excuse facile !

— Pourquoi as-tu répondu à mes petits mots, alors ? lui demandai-je en quête de vérité.

— J'ai été surpris. Cela faisait tellement longtemps que personne ne s'était intéressé à moi. Ma vie est tellement ennuyeuse, si tu savais. Depuis que nous avons eu notre seconde fille il y a plus d'un an, ma femme ne me touche plus. Quand tu m'as envoyé ces messages, je ne pensais pas vraiment qu'il se passerait quoi que ce soit entre nous. Je pensais que nous parlerions et c'est tout. Mais tu étais si attirante. Je n'ai pas pu résister. Et maintenant je suis perdu.

Et blablabla et blablabla... Pauvre petit mari délaissé ! Mais il croit quoi, que je vais le prendre en pitié ?

— Écoute, Éric. Tu peux me dire ce que tu veux, je ne peux accepter tes excuses. Tu aurais dû me dire que tu étais marié. Rien ne se serait passé si je l'avais su.

— J'avais prévu de te le dire, mais tu ne me l'as pas demandé et dans le feu de l'action, j'ai complètement oublié.

Comment peut-on ne pas se souvenir d'une chose pareille ?

— Et ton alliance ? Pourquoi ne l'avais-tu pas au doigt ?

— Je la retire toujours dans l'avion. Mes mains gonflent sinon. C'est la raison pour laquelle je ne l'avais pas, je te le jure. Tout est allé tellement vite. La situation est devenue hors de contrôle. Je n'y ai plus pensé parce que j'étais fou de désir pour toi, Julia.

— Éric arrête. Laisse tomber. Je ne peux pas accepter tes excuses. Dans deux jours, tu retourneras avec ta femme et moi à ma vie. Je ne veux plus jamais entendre parler de toi.

— Julia, je t'en supplie pardonne-moi.

— Non, désolée. Maintenant, va-t'en.

Éric fit quelques pas puis se retourna d'un coup.

— Je voulais juste te remercier de m'avoir ouvert les yeux sur la situation. Sans toi j'aurais continué ainsi, au lieu de parler à ma femme et d'affronter nos problèmes. Je voulais aussi te dire que tu es très belle et désirable et que j'aurais voulu pouvoir te résister. Mais je suis content de n'avoir pas pu le faire parce que sinon je ne t'aurais jamais touchée et ça aurait été vraiment dommage.

Là-dessus, il s'en alla. Luana parlait encore avec Louis. Je ne savais plus quoi penser. Que voulait donc Éric de moi avec ses grands discours et ces révélations ? Il m'avait utilisée et jetée. Il s'était comporté comme un goujat le matin-même en m'enjoignant de ne rien dire à son collègue parce qu'il avait femme et enfants et maintenant il voulait mon absolution ? Ou bien était-ce la peur de mourir qui le faisait réagir de la sorte ? Peut-être voulait-il se repentir de ses péchés ou alors était-il vraiment perdu et ne savait-il pas comment réagir ? Dans tous les cas, c'était trop facile et je ne voulais plus rien avoir à faire avec lui.

Je vis avec étonnement Luana se pencher vers Louis comme si elle allait l'embrasser. Mais en fait, elle lui fit juste un bisou sur la joue. Puis Louis était retourné près d'Éric la tête basse tandis que Luana était revenue vers moi tout sourire.

— Alors ? lui-demandai-je.

— En gros, Louis m'a dit qu'il me trouvait très attirante et que si je voulais vraiment faire l'amour avant la fin du monde, il était dispo. Quand je lui ai dit que je n'avais dit cela que pour te venger d'Éric, il s'est tu. Du coup, on a parlé un peu de son comportement et il m'a dit qu'il lui avait suggéré de parler avec toi et de s'excuser.

Éric lui a de nouveau fait promettre de ne rien dire à sa femme. Mais Louis m'a aussi dit qu'il lui avait dit au téléphone qu'il fallait qu'ils aient une conversation. Donc j'ai gagné un admirateur et un informateur. Je lui ai fait un bisou sur la joue pour le consoler et lui ai dit de venir avec nous s'il s'ennuyait avec son collègue.

— Regarde-le, il a l'air tellement triste que tu n'aies pas accepté sa proposition.

— Pauvre Louis. Il n'a ni femme, ni enfants à plus de quarante ans et il cherche une nana désespérément.

— Tu lui as ôté tous ses espoirs, méchante fille, va…

— Et Éric ? Il est vraiment venu s'excuser alors ?

J'expliquai à Luana la teneur de ma conversation avec lui.

— Alors ça veut dire que tu l'as sauvé du vide sexuel intergalactique et qu'il ne t'a rien dit parce qu'il savait parfaitement que s'il avait avoué qu'il était marié avec deux enfants, il y avait peu de chances pour que tu finisses avec lui dans les toilettes de l'avion ? Quel manipulateur !

— C'est exactement pour cela que je n'ai pas accepté ses excuses. Il m'a aussi avoué qu'il n'avait jamais trompé sa femme avant moi. Vu le menteur que c'est, j'en doute ! Il m'a aussi dit à quel point il me trouvait belle et désirable. Ça me fait de belles jambes ! Je ne sais plus quoi penser de tout cela maintenant.

— Honnêtement, rien ! Cet homme ne sait pas ce qu'il veut. Peut-être est-ce la peur de mourir qui l'a poussé à te dire tout cela ou qu'il pensait te convaincre de faire l'amour une dernière fois. Potentiellement, tout ce qu'il t'a dit, ce sont des conneries. Dans tous les cas, ignore-le, il n'en vaut pas la peine.

— C'est exactement ce que je comptais faire. Dommage que j'aie oublié de lui demander un livre parce que maintenant nous ne nous parlerons plus, je pense. Enfin, le connaissant, il doit être en train de lire un truc comme la biographie de Casanova. Je ne suis pas sûre d'avoir envie de lire ça.

— Je peux demander à Louis si tu veux.

— Non, je viens de me souvenir que j'ai un lecteur MP3. Je vais écouter de la musique. Ça va me faire du bien. Mais surtout maintenant, je voudrais dormir. Je suis crevée.

— Moi aussi.

— Quel dommage que nous n'ayons pas de couvertures.

— Ou un lit ! Peut-être pourrions-nous demander aux types en combinaison blanche s'ils en ont ?

Je savais qu'Éric m'observerait. Je voulais qu'il me désire sans pour autant pouvoir m'avoir et qu'il regrette amèrement. Mais il devait surtout se dire en ce moment qu'il était arrivé à ses fins. Je me dirigeai vers l'une des silhouettes masquées.

— Excusez-moi. Bonjour. Est-ce que vous auriez des couvertures pour dormir ?

— Je vais demander.

— Je suis assise de ce côté-là. Si vous en trouvez, vous pourriez me les apporter là-bas s'il vous plaît ?

— Oui, pas de problème.

— Merci.

C'était très frustrant de ne voir que les yeux d'une personne et en plus cachés sous un masque. Je me retournai vers Luana qui était en train de lire en m'attendant.

— Il n'y a pas de couvertures disponibles apparemment, mais le monsieur est allé voir s'il en trouve. Je vais essayer de dormir sans en attendant.

Je me mis comme je pus, mais je n'arrivais pas à trouver une position commode dans ces sièges en plastique. Au moins, j'avais plus de place que dans l'avion pour mes jambes. Malgré le décalage horaire et le manque de sommeil, je n'arrivais pas à m'endormir. La climatisation n'aidait pas : elle me donnait la chair de poule même si j'avais enfilé un pull. J'aurais tellement aimé avoir une couverture. Surtout, je ne cessai de retourner l'incident Éric dans mon cerveau sous toutes ses coutures.

L'humiliation que j'avais éprouvée succédait à la honte de n'avoir pas demandé s'il avait déjà quelqu'un. Pour moi, il avait toujours été évident qu'un type marié ne répondrait jamais à des avances faites par une femme. Je ne réfléchissais bien sûr que par rapport à mon propre système de valeurs. Il ne m'était pas venu à l'esprit que d'autres personnes puissent chercher à profiter de moi.

Maintenant le mal était fait. Pourquoi diable Éric s'excusait-il maintenant ? J'étais persuadée que si nous ne nous étions pas trouvés dans cette situation, il aurait disparu de ma vie à tout jamais. Alors pourquoi venir me parler là ? Lentement la fatigue avait pris le dessus et je commençai à laisser filer mes pensées et à rêver…

*
* *

Je suis dans l'avion. Le commandant annonce que nous serons en quarantaine pour deux jours. Et aussitôt une dame d'une cinquantaine d'années qui semble voyager seule s'écrie :

— Vous ne pouvez pas m'enfermer contre ma volonté ! Vous n'en avez aucun droit ! Je m'oppose à rester avec des personnes qui pourraient m'infecter si je reste dans une salle quarante-huit heures confinée. Laissez-moi sortir tout de suite !

Elle prend son bagage à mains et se dirige vers la sortie. À ses paroles, une révolution commence dans l'avion. Un passager trouve le moyen d'en ouvrir les portes et tous veulent sortir en masse. C'est la panique. Je reste assise avec Luana en attendant que la tornade passe. Mais le personnel de bord ne réussit pas à contenir la foule. Après que tous sont partis, Luana et moi sortons en regardant le personnel avec un sourire de commisération.

Une queue se forme. Nous apprenons par une personne devant nous, que la police est sur place et que nous sommes tous contraints d'aller dans la salle de quarantaine. La dame qui a fait un scandale a été arrêtée. Je réalise brusquement qu'Éric et Louis ne sont pas là et pratiquement en même temps, je commence à me sentir mal et je m'évanouis.

Luana me rattrape avant que je ne tombe. Les gens s'écartent. Seule Luana me soutient et appelle à l'aide. Elle regarde les gens furieuse parce que personne ne lève le petit doigt : tout le monde a peur de me toucher. Luana me soulève tant bien que mal. Je commence à revenir un peu à moi et je marche comme je peux. Luana met mon bras au-dessus de son épaule pour me soutenir. Tous se distancient de nous alors qu'ils voient bien notre difficulté à avancer dans le couloir trop étroit. Les gens s'écartent et sont terrorisés si un morceau de mes vêtements vient à les effleurer. Nous arrivons devant le bureau du médecin. Il ouvre la porte et m'observe.

— Un moment, s'il vous plaît, dit-il.

Il la referme. Luana est épuisée et je sens que cette attente prolongée alors que nous arrivons au but la décourage complètement. Ce médecin devrait nous porter tout de suite secours au lieu de nous faire attendre. Il réouvre la porte après une minute qui nous parait une éternité. Avec lui se trouvent deux brancardiers en combinaison et masque avec une civière. Ils me mettent dessus tandis que je me sens toujours plus mal. Une douleur sourde me parcourt le corps et je ne réussis plus à me mouvoir. Luana me regarde en pleine détresse. Je ne réussis plus à lui parler pour la rassurer. Rien ne sort de ma bouche. Je n'ai plus de force. Je perds connaissance.

C'est le trou noir. Puis, je me réveille à l'hôpital. J'essaie de me lever mais je n'ai aucune force. Luana s'approche de moi.

— Ne bouge pas ! ordonne-t-elle.

— Où sommes-nous ?

— À l'hôpital.

— J'ai la grippe porcine ?

— Ils pensent que oui.

— Et toi ?

— On ne sait pas. Ils ne voulaient pas que je reste, mais je leur ai dit que je ne te laisserais jamais seule. Tu es ma meilleure amie, Julia, je ne te lâche pas. Ils m'ont mis en observation avec toi parce que tu as tous les symptômes d'une grippe normale. Peut-être que ça n'est que ça d'ailleurs. Je n'en sais pas plus à ce stade.

— Et Éric et Louis ? Ils sont à l'hôpital eux aussi ?

— Aucune idée. Je ne peux pas sortir de la chambre. Ils nous ont enfermées. Ils portent tous un masque et une combinaison pour se protéger de nous.

Elle me caresse les cheveux.

— Ce serait vraiment ridicule de mourir ici, dis-je.

Je me rendors. Dans mon rêve, je vois Miguel. Il est entouré d'un jaguar et d'un ours. Il prononce des mots que je ne comprends pas puis semble aspirer quelque chose dans mon corps qu'il recrache.

*
* *

Je me réveillai tout d'un coup. J'étais encore assise dans la salle de quarantaine. À part la douleur dans le cou et les épaules d'avoir dormi dans cette position inconfortable, je ne sentais rien de l'épuisement que j'avais éprouvé dans le rêve. Je regardai autour de moi.

Luana dormait. Il était 15:27. Je ne pus résister à la tentation de jeter un coup d'oeil en direction d'Éric. Il me sourit.

Je fis mine de ne pas l'avoir remarqué et me dirigeai vers les toilettes. Une dame ouvrit la porte devant moi en mettant du papier toilette sur la poignée pour se protéger sûrement des bactéries laissées par d'autres. Mais ça ne servait à rien selon moi. Le virus était dans l'air et si nous devions être contaminés, ça n'était pas un bout de papier toilette qui allait tenir la grippe porcine à distance. Si elle voulait se protéger, il était déjà trop tard.

Cela aurait été vraiment dommage de mourir à 28 ans. Je n'aurais jamais connu la joie d'être mère, mais j'avais vu beaucoup de choses, en tous les cas plus qu'un enfant qui meurt en bas âge. Je repensai aux paroles d'Éric. Je commençais à comprendre pourquoi il les avait dites.

Maintenant que l'ombre de la mort trônait de manière presque palpable au-dessus de nos têtes, ça n'était plus le moment pour mentir ou faire semblant. C'était maintenant ou jamais qu'il fallait vivre comme s'il n'y avait plus de lendemain. Parce que peut-être qu'il n'y en aurait vraiment pas. Peut-être que j'allais finir dans un hôpital avec Luana comme dans mon rêve en passant mes deux derniers jours dans d'atroces souffrances. Je ne savais pas si Miguel pouvait soigner à distance et si sa médecine fonctionnerait sur moi. Dans mon rêve, j'avais eu l'impression qu'il m'avait enlevé le virus du corps.

Maintenant tout avait changé. Je pouvais décider de donner une deuxième chance à Éric, passer mes dernières quarante-huit heures dans ses bras et recevoir un peu de tendresse dans un monde où tout le monde avait peur ne serait-ce que de s'effleurer. Je pouvais choisir de lui pardonner ou plutôt de profiter de lui à mon tour : n'était-il pas l'un des meilleurs amants que je n'aie jamais eu ? Et puis maintenant que la malédiction était levée, autant en profiter si je devais mourir. Je finis de me laver les dents et je retournai vers Luana qui dormait encore. Je lui pris la main.

— Luana… il faut que je te dise quelque chose d'important.

Elle écarquilla les yeux. Elle se demandait sûrement quelle était l'urgence dans ma voix.

— Hmm. Oui, je t'écoute…

— Si nous devons tous mourir ici, alors je pense que je devrais pardonner à Éric et passer mes derniers moments dans ses bras. Au moins, je ne me sentirais pas seule. Et cette illusion est la seule chose dont j'ai besoin en ce moment.

Luana me prit dans ses bras et me serra fort.

— Et comme ça, tu ne te sens pas aimée ?

— Si, mais tu sais bien ce que je veux dire.

Elle acquiesça.

— Alors comme ça, tu serais prête à tout pardonner parce que tu sais que tu vas mourir demain ?

— Exactement.

— Julia, excuse-moi de te dire les choses comme ça, mais nous allons tous mourir à un moment donné ou un autre… Nous aurions pu mourir dans un accident de voiture au Mexique ou même nous écraser en avion… C'est seulement maintenant que tu vois les choses sous cet angle ? Parce que c'est vrai toute la vie en fait. Je ne pense pas que profiter du temps restant avec un homme qui s'est comporté comme un porc avec toi soit la solution.

— Mais il a tenté de s'excuser.

— Et si nous survivons ?

— Je ne suis pas amoureuse de lui et de toute manière nous ne nous reverrons pas après ces quarante-huit heures. Lui retournera à sa famille et moi à chercher l'homme de ma vie. Je n'ai pas de livre à lire, alors autant faire un truc constructif et me réconcilier avec le genre humain. Peut-être découvrirais-je que je peux vraiment lui pardonner ? La vie est bien plus courte que je ne le pensais. Jusqu'ici, je n'avais jamais pensé que je pourrais mourir d'un jour à l'autre d'une maladie inconnue qui plus est.

— Tu as raison. Peut-être que je devrais donner une chance à Louis moi aussi.

— T'es sérieuse ?

— Mais non... je rigolais. Il est très sympathique, mais je préfère mourir seule. Allez avoue qu'Éric est un super coup et que c'est surtout pour ça que tu veux te réconcilier avec lui.

— J'avoue que cette perspective m'aide beaucoup à aller vers le pardon, effectivement…

— Petite coquine, va ! Nous pouvons tuer le temps avec eux si tu veux…

— Ok, mais je dois d'abord parler avec lui seule à seule.

— Ok. Je t'attends ici.

Je me dirigeai vers Éric : à mesure que je me rapprochais son sourire tinté au d épart de curiosité se fit de plus en plus grand.

— Je peux te parler un moment ? lui demandai-je.

— Oui, bien sûr.

— Viens avec moi.

Je l'emmenai dans l'angle où il n'y avait personne. Je pris mon courage à deux mains.

— Éric, j'ai repensé à notre situation et à ce que tu m'as dit et j'ai décidé de te pardonner.

Il parut surpris.

— Comment ça, me pardonner ?

— Si nous devons tous mourir dans les prochains jours ou semaines, je n'ai pas envie qu'il me reste un sentiment de haine envers toi. Ça ne signifie aucunement que je suis d'accord avec ce que tu as fait. Tu as été un vrai salaud de ne pas me dire la vérité au départ et de t'être enfui une fois qu'elle a éclaté au grand jour. Tu m'as fait du mal parce que je me suis sentie utilisée.

— Je suis vraiment désolé. Pardonne-moi, comme je te l'ai dit, j'ai été dépassé par les événements.

— Je te pardonne. Ce qui est fait, est fait. Allons de l'avant maintenant. Maintenant que Louis est au courant, tout comme Luana d'ailleurs, peut-être pourrions-nous passer du temps ensemble ? Ce serait plus intelligent que de rester chacun dans son coin en attendant de voir si nous allons mourir ou pas. Qu'en penses-tu ?

— Mais bien sûr, venez avec Luana. Louis sera content de parler avec elle.

— Je préfère que vous veniez de notre côté.

— Pourquoi pas ?

— Mais je veux juste préciser que c'est une trêve seulement pour quarante-huit heures. Après nous ne nous reverrons plus jamais... Tu retournes à ta vie et moi à la mienne. Mais au moins, nous aurons vécu sans nous haïr ceux qui sont peut-être nos derniers jours…

— Ça me va.

Il prit ma main dans la sienne et y déposa un baiser.

— Merci.

Je voulais retourner à ma place, mais il me retint.

— Qu'est-ce qui t'a fait changer d'avis ?

— J'ai rêvé que j'allais mourir de cette maladie. Ça m'a paru extrêmement réel. Et ça m'a fait réaliser que je n'avais pas envie de partir de cette terre avec des contentieux ou des regrets. Et puis…

J'hésitai à le lui dire.

— Quoi ? me demanda-t-il.

— Disons que je préfère grimper au septième ciel si je dois ensuite descendre six pieds sous terre.

Il rit.

— Est-ce à dire que je dois ma rédemption à nos prouesses dans l'avion ?

— Peut-être…

Il lâcha ma main pour se diriger vers Louis.

Bizarrement je me sentais apaisée. Certes, je lui en voulais toujours de ne m'avoir rien dit pour sa famille, mais j'avais décidé de croire sa version et de vivre comme si ce jour était le dernier.

Je me rendais compte que l'arrivée de ces deux hommes dans notre coin de la salle de quarantaine suscitait la peur dans les yeux de nos voisins. Cette réaction commençait à me fatiguer, mais je savais que c'était l'instinct de survie qui transparaissait.

— Vous n'auriez pas de cartes à jouer par hasard ? Demandai-je aux garçons.

— Non, mais Louis connaît plein d'histoires drôles, dit Éric en se tournant vers lui.

Louis passa l'après-midi à nous raconter des blagues. Nous étions probablement les seuls à rire dans la salle. Impossible d'épuiser Louis qui en connaissait une tonne et qu'on ne pouvait plus arrêter une fois lancé. Même nos voisins étaient redevenus un peu plus humains et décochaient eux aussi des sourires, voire des rires en les écoutant.

C'était un beau moment dans une atmosphère sombre. J'avais presque oublié que nous étions bloqués contre notre volonté dans un aéroport. De temps en temps, je regardais Éric dans les yeux et il me souriait tout en me faisant un clin d'œil. Comme une invitation à venir dans ses bras. J'étais encore échaudée par son mensonge et je me rendais bien compte que je n'arrivais pas vraiment à lui pardonner. Je lui en voulais encore. Mais je savais que lui en vouloir ne servait à rien dans notre situation. Je n'avais jamais trompé personne moi-même, mais je ne pouvais pas mettre ma main à couper que ça ne m'arriverait pas un jour.

Si j'avais été délaissée sexuellement depuis une année, aurais-je fauté moi aussi ? Je ne pouvais pas le dire avec certitude. C'est peut-être aussi cela qui avait fait pencher la balance du côté du pardon. Ça et l'imminence de ma propre mort. Je comprenais mieux le sens de « partir en paix ». Car finalement ne pas pardonner aux autres, c'est ne pas se pardonner soi-même. Je m'en voulais tout autant d'avoir cédé sans enquêter sur sa vie conjugale. Lui pardonner, c'était aussi me pardonner pour avoir transgressé mes propres valeurs.

Je ne cessais de repenser à la malédiction du cousin de Luana. Si je m'étais jusqu'ici toujours méfié des conséquences incroyables qu'il m'avait prédites, maintenant le doute n'était plus permis. Miguel était vraiment un grand chamane !

Il était 19h et je me demandais quand nous mangerions. Je supposai que tout le monde devait avoir faim. Peut-être d'autant plus qu'il n'y avait rien d'autre à faire qu'attendre et manger. J'espérais qu'il y aurait quelque chose de chaud et non pas un sandwich tout sec comme ce midi.

Quand arriva la nourriture, c'était comme si une cité endormie se réveillait tout d'un coup. Tous furent debout en un instant prêts à se battre pour obtenir à manger. C'était incroyable comme dans cette situation, tous les besoins primaires ressortaient encore plus forts. Nous nous étions aussi précipités et insérés dans la queue en train de se former. Luana était à ma droite. Éric se trouvait derrière moi. Tout le monde évitait soigneusement de toucher son voisin : c'était une foule contradictoire qui voulait avancer tout en gardant ses distances.

Je sentis tout d'un coup les bras d'Éric m'entourer. Je ne m'y attendais pas et je me laissai aller à la douce chaleur de ses bras, au réconfort d'être enlacée. Rien que pour ça et ses baisers dans le cou, je sentis que j'avais eu raison de le pardonner. Mais je ne voulais pas que Luana et Louis tiennent la chandelle. Je lui dis à l'oreille :

— Tu peux me prendre dans tes bras, mais ne m'embrasse pas s'il te plait, je ne voudrais pas que Luana et Louis se sentent gênés par nous.

— OK, mais ça va être difficile de te résister.

Je faisais tout pour me concentrer sur notre conversation avec Luana et Louis en essayant de faire abstraction du fait qu'Éric me tenait dans ses bras, mais j'avais vraiment du mal. Je sentais sa respiration dans mon cou et je ne pouvais plus penser à rien d'autre. À la fin, je lui avais demandé de prendre ma main, parce qu'être dans ses bras me faisait trop d'effet.

Il ne semblait pas très emballé, mais il acquiesça et prit ma main. Ça n'était qu'une petite amélioration car maintenant tout mon désir pour lui était concentré dans les quelques centimètres de peau de sa main contre la mienne.

C'était enfin notre tour. La nourriture était emballée dans un sac. Il y avait une tomate, un sandwich au fromage cette fois - Alléluia ! - une banane et une bouteille d'eau. Je fis demi-tour pour retourner à ma place.

L'homme à qui j'avais demandé les couvertures se dirigea vers moi.

— Dans quelques minutes, on va distribuer des lits et des couvertures, mais vu que vous me les avez demandées en premier, en voilà deux.

— Merci beaucoup.

Après me les avoir remis, il annonça que les gens devraient de nouveau faire la queue pour obtenir des lits pliables et des couvertures.

Les gens bataillaient tout en restant à distance les uns des autres pour se mettre dans la queue. C'était comme un ballet de la peur dont la chorégraphie était simple : avancer et se faire sa place tout en évitant à tout prix de toucher le voisin. Les hommes en combinaison et en masque n'arrêtaient pas de dire qu'il y en aurait pour tout le monde. Mais l'instinct de survie était trop fort. Je le voyais partout, et jusqu'à ce jour, je n'avais pas compris à quel point il était important. Tout le monde ne pensait qu'à se battre pour obtenir ce dont il avait besoin tout en veillant à ne pas être infecté par son voisin tandis que je ne pensais qu'aux bras d'Éric. La vie était une question de priorités…

J'entendis tout à coup des cris de l'autre côté de la salle. Une personne était à terre et les gens s'étaient instinctivement écartés au lieu de lui prêter main forte. Un homme avec un masque était tout de suite arrivé. Il contrôla son pouls et mis sur la personne une couverture de survie en attendant que les brancardiers puissent l'évacuer. Je ne pouvais pas voir si c'était un homme ou une femme. D'autres hommes en combinaison étaient arrivés avec une civière et la personne fut transportée en dehors de la salle. Personne n'avait levé le petit doigt pour la secourir. Tout le monde l'avait regardé tomber sans l'aider. J'avais envie de vomir.

C'était comme la réaction de ma sœur qui m'avait dit de ne pas m'approcher d'elle et de sa famille durant deux semaines et qui m'aurait sûrement laissée mourir seule si la maladie s'était déclarée. Cela renforçait mon sentiment que j'avais pris la décision juste avec Éric. Même si ça n'était que l'illusion du moment, savoir que je n'étais pas seule pour affronter tout cela me rassurait. Louis s'était retourné. Il s'exclama :

— Vous avez vu ce qui s'est passé ?

— Oui et à ce rythme, nous allons tous tomber comme des mouches d'ici demain, dis-je.

— Demain ou après-demain, ça ne fait plus de différence, commenta Luana.

Nous avions passé la soirée à parler de tout et de rien, mais aussi de la situation, de la peur de mourir et de la maladie. Les gens avaient installé leurs lits pliables et j'étais surprise qu'on puisse encore circuler une fois qu'ils furent tous ouverts. Partout on essayait de dormir. Il n'y avait rien d'autre à faire de toute manière. Entre ceux qui toussaient, ceux qui ronflaient, ceux qui comme nous parlaient à voix basse et la lumière allumée, dormir relevait du défi... Sans compter le bruit des avions qui atterrissaient ou décollaient sans arrêt.

J'étais lessivée, mais la présence d'Éric, de Luana et de Louis me faisait garder les yeux ouverts. Vers 21h30, chacun alla se coucher. Mon lit était déplié près de celui d'Éric.

Je l'embrassai longuement avant que chacun de nous ne s'endormit. On ne pouvait même pas être enlacés : les barreaux des lits formaient une frontière infranchissable entre nous. Je me rendis compte que j'étais bien plus attirée par lui que je ne voulais l'admettre, mais là j'étais trop fatiguée. Je m'endormis étonnamment vite dans le vacarme ambiant.

*
* *

Miguel est assis en tailleur en face de moi dans les hautes herbes. Il y a une petite boule d'énergie au-dessus de sa tête. Il ferme les yeux tandis qu'elle entre par le sommet de sa tête dans son corps. Quand il les rouvre, il se met à faire une danse comme s'il était un animal. Puis la boule d'énergie sort de sa bouche et entre à l'intérieur de moi de la même manière. Elle me transforme en guépard. Bizarrement, je me sens calme. J'entends ses mots dans mon esprit : « N'aies pas peur, tu es protégée. La malédiction est terminée. Rien ne pourra plus t'arriver. »

*
* *

Je me réveillai sous les baisers ardents d'Éric. Je

gardai les yeux fermés, savourant la douceur de ses lèvres. Je lui susurrai :

— Quelle heure est-il ?

— Cela n'a aucune importance…

Tout le monde dormait. Il me souleva tout d'un coup du lit en me portant et je refrénai un petit cri de panique. En me soulevant si rapidement, ça m'avait donné la même sensation dans l'estomac que sur des montagnes russes. Il me serra fort contre lui et se mit à zigzaguer à travers la salle. Où m'emmenait-il ? Il me fit toucher terre devant la porte des toilettes. Je ris.

— J'ai comme une impression de déjà-vu.

— Ouvre…

Il n'y avait pas âme qui vive. Aucun bruit. Il se dirigea vers une porte que je n'avais pas remarquée : c'étaient les toilettes handicapées. Je le regardai sans comprendre.

— Mais si quelqu'un veut y aller ?

— Tu as vu quelqu'un en chaise roulante dans la salle ? Vite, entre, avant qu'on ne nous remarque.

J'entrai dans les toilettes qui étaient beaucoup plus spacieuses que celles de l'avion. C'était sans commune mesure.

— Tu veux me faire passer le message qu'en somme notre histoire est condamnée aux toilettes, c'est ça ? lui dis-je.

— Pour le moment, j'ai bien peur que oui.

— Et ta femme ?

Ma conscience n'était pas tout à fait tranquille avec le fait que je lui prenne son mari.

— Julia, tu m'as fait comprendre que les choses entre nous ne vont plus du tout depuis la naissance de notre fille. Je ne sais pas ce que nous réserve le futur, peut-être la quitterai-je, peut-être que cette épreuve sera la commotion qu'il nous fallait pour remettre les choses en place, ou peut-être que je ne voudrais plus jamais te laisser partir.

— Toi et moi savons que la troisième solution n'est pas une option.

— Mais tu ne sais pas si nos sentiments changeront ou si nous avons un futur. Nous ne savons plus rien à l'heure qu'il est.

— Éric, il ne peut pas y avoir de futur pour nous. Après ces quarante-huit heures, tu retourneras à ta vie et moi à la mienne. C'est le pacte.

— Oui, je sais... Alors justement, faisons l'amour comme si nous devions mourir demain. Sans culpabilité, aucune.

Il m'embrassa intensément, comme si c'était vraiment la dernière fois puis me dit :

— J'ai voulu t'embrasser toute la journée…

— Je sais, j'ai mis cette robe exprès pour te faire repentir de m'avoir traitée ainsi.

— Tu es diabolique !

— N'inversons pas les rôles…

Éric m'attira à lui en riant et me serra contre lui avant de m'embrasser fougueusement comme la veille. Il m'enleva ma robe en un rien de temps et fit de même avec de mes sous-vêtements tout en m'embrassant. Je me mis à le déshabiller également. Il referma le couvercle de la cuvette et m'invita à m'y asseoir. Puis il s'agenouilla. Mon corps était à sa merci. J'étais toute entière tendue sous sa langue et ses doigts. Je ne savais même pas qu'il était possible de jouir autant de fois d'affilée. À la fin, je le suppliai d'arrêter et me mis à l'embrasser avant de lui demander :

— Tu as ce qu'il faut ?

On allait peut-être mourir, mais mon instinct de préservation me disait que si ça n'était pas le cas, il valait mieux ne pas tomber enceinte et encore moins attraper une maladie.

— Oui, mais je préfère te prévenir, c'est le dernier.

— J'en ai une dizaine dans mon sac.

Il rit.

— Prévoyante, dis-donc.

— C'est que je suis célibataire, moi, monsieur !

Un voile passa sur son visage.

— Excuse-moi, je ne voulais pas… On a dit 48h sans penser à ces choses-là.

Je lui mis le préservatif et me mis aussitôt à califourchon sur lui. Je le serrai contre moi, comme si c'était la dernière fois que nous allions faire l'amour. Et qui sait, c'était peut-être le cas. Je lui caressai le dos tout en accélérant progressivement le mouvement. Je n'avais jamais ressenti une telle fougue. La mort guettait, mais l'instinct de survie était là, toujours plus fort. Eros et Thanatos. Cette fois, c'est lui qui dut mordre son poing quand ce fut son tour.

*
* *

Nous étions retournés nous coucher. Luana et Louis dormaient à poings fermés. Je regardai l'horloge. Il était cinq heures du matin. Je ne pouvais pas croire qu'il était si tard… ou tôt selon le point de vue. Je me demandai quand Éric m'avait réveillée. Je me mis à bâiller et revins dans mon lit. J'entendis Éric rapprocher le sien du mien. Il prit ma main dans la sienne. Je fermai les yeux et portai sa main à ma bouche pour l'embrasser doucement. Il fit la même chose avec la mienne. Si je ne me réveillais pas, au moins j'aurais vécu avec intensité ces derniers moments. J'étais tellement fatiguée que je m'endormis dans un souffle.

CHAPITRE 5
LE JOUR SUIVANT

Il était 6h30 du matin. Un bébé pleurait. J'aurais voulu qu'il cesse immédiatement pour pouvoir continuer à dormir. Je mis les mains sur mes oreilles, puis tentai de remonter la couverture, mais cela ne servit à rien. Je me souvins que dans l'avion, ils nous avaient donné des bouchons d'oreille. Je me mis à les chercher dans mon sac fébrilement et réussis à les retrouver. Hourra ! Éric ouvrit un oeil. Il avait l'air crevé, comme moi certainement. Il me susurra :

— Tu n'en as pas une autre paire pour moi ?

— Non, désolée. Ils en ont donné dans l'avion, tu n'en as pas eu ?

— Si sûrement, mais je ne les ai pas gardées.

— Peut-être qu'il arrêtera de pleurer bientôt.

Je regardai autour de moi. La mère était partie avec l'enfant dans les toilettes. Il y avait moins de bruit à présent. J'essayai de me rendormir, mais un rayon de soleil choisit d'atterrir en plein milieu de mon visage. Je me tournai de l'autre côté, mais il y avait de la lumière partout.

Une belle journée ensoleillée s'annonçait sans que nous puissions mettre un pied dehors. Je remontai la couverture sur mon visage, mais cela ne servit pas à grand-chose. J'étais bel et bien réveillée maintenant. Éric et Louis dormaient encore, mais Luana n'était plus dans son lit. Je regardai si elle était assise, mais je ne la vis nulle part. Je fus prise de panique et je me dirigeai directement vers les toilettes, seul lieu où elle pouvait avoir disparu. Ouf ! Elle était en train de se maquiller. Elle avait déjà pris une douche apparemment au vu de ses cheveux encore humides. Elle me vit dans la glace.

— Salut Julia !

— Quand je ne t'ai pas vue dans ton lit, j'ai cru au pire…

— Mais non, tu vois, je suis vivante. Tu as l'air vraiment épuisée toi par contre.

— Je dormirai quand je serai morte.

Vu la situation, ma blague ne fit pas beaucoup rire Luana.

— Je rigole, ne fais pas cette tête ! J'arrive.

Je me dirigeai vers les toilettes. Il n'y avait pas encore trop de monde. C'était sûrement dû à l'heure, mais aussi au fait que le bébé continuait à hurler. Deux toilettes étaient occupées et je ne voulais pas vraiment parler de ma nuit avec ces potentielles oreilles qui pouvaient écouter notre conversation. Mais la salle de quarantaine n'était pas non plus l'endroit idéal. Je sortis des toilettes. Luana m'attendait.

— Viens avec moi, lui dis-je.

J'ouvris la porte et l'emmenai dans les toilettes handicapées où j'avais passé une partie de la nuit avec Éric. Je fermai la porte à clé :

— Mais que fais-tu ?

— Je ne veux pas que quelqu'un nous écoute.

Le lieu me semblait bien différent de cette nuit. J'avais du mal à croire à tout ce qui s'était passé quelques heures auparavant. Tout me semblait irréel. Peut-être avais-je rêvé ? Mais non, je pouvais encore sentir sur moi l'odeur d'Éric.

— C'est là que nous nous sommes cachés cette nuit.

— Mais c'est tout mouillé partout, vous avez fait tant de cochonneries que ça qu'il a fallu tout nettoyer après ?

Je lui donnai un coup de coude.

— Aïe ! fit-elle.

— Mais non, on a juste pris une douche.

— Ensemble ? Dis-moi que vous vous êtes protégés !

— Mais oui, tu me connais !

— Alors la fin du monde n'arrivera pas : ça veut dire que tu penses survivre à cette quarantaine forcée !

— Tu ne penses pas qu'on va survivre ?

— Mais si…

— Moi, ce que j'ai conclu de ces dernières vingt-quatre heures est qu'il n'y a rien de plus important que de vivre le moment présent et aussi qu'il y a toujours de l'espoir. Et puis ce serait vraiment stupide de tomber enceinte ou d'attraper le sida si je dois vivre jusqu'à cent ans et que cette grippe n'a aucun effet sur moi. En plus, il a déjà deux enfants, une femme et il ne vit pas dans la même région que moi.

— Tu as raison. Et puis je pense aussi que nous survivrons à cette épreuve. On retourne à nos places ?

Dans la salle régnait une grande agitation : tout le monde était réveillé et occupé à rassembler ses affaires. Les lits avaient été pour une bonne partie repliés et rassemblés dans un coin de la salle. Comme si nous allions enfin pouvoir partir de ce lieu, alors même que nous devions encore y passer vingt-quatre heures. Assis sur son lit, Éric était au téléphone. Je pouvais seulement le voir de dos. Il ne m'avait pas vue arriver et je décidai de rester à distance pour, je l'avoue, pouvoir écouter un peu ce qu'il disait. Je sais, ça n'était pas bien d'épier comme ça. Mais bon, je suis curieuse, voilà tout. À son ton, je sus que sa femme était à l'autre bout du fil.

— Mais tu ne peux pas m'empêcher de voir les filles et de retourner à la maison pendant deux semaines ! Où est-ce que je vais aller ? Chez ma mère ? Non mais tu t'entends ? À l'hôtel ? Mais tu es devenue complètement cinglée Stella. Qu'est-ce qu'ils vous racontent, bon sang, à la télé ? Je n'ai rien ! Ok, tu veux que je disparaisse pendant deux semaines et que je t'envoie une lettre avant d'arriver avec la preuve que j'ai fait tous les tests ? Tu veux aussi la lettre de divorce avec ? Ah non ? Tu penses aux implications de ce que tu me demandes ? C'est ça, laisse les médias faire leur travail pour te rendre paranoïaque. Tu t'en fous d'où je vais ? Et si je meurs, tu viendras mettre une fleur sur ma tombe, ou tu auras trop peur d'attraper la grippe ? Je te remercie pour ton humanité. Salut !

Éric raccrocha. Louis qui me faisait face le regarda intensément pour lui faire signe que j'étais derrière lui. Éric se retourna et vint vers moi.

— Excuse-moi Julia, c'était ma femme.

— J'ai cru comprendre.

Notre pacte ne pouvait pas marcher. Il était marié et j'avais beau vouloir l'ignorer, c'était un fait bien ancré dans la réalité. J'aurais voulu pouvoir sortir d'ici. Je ne pouvais que m'enfermer dans les toilettes. Je me retournai pour y aller, mais il me retint par le poignet.

— Non, ne t'éloigne pas. Viens ici, je vais tout t'expliquer.

Il me prit dans ses bras et me murmura à l'oreille :

— Elle a réagi comme ta sœur. Elle pense que je peux contaminer toute la famille et qu'on mourra tous. Elle ne veut pas que je m'approche des enfants pendant deux semaines. Elle veut aussi que je lui envoie une lettre avec les résultats des examens sanguins avant de revenir. Ils sont tous devenus fous à l'extérieur, crois-moi !

— Et alors que vas-tu faire ?

— Je n'en sais rien.ÉricLouis a parlé avec notre entreprise et eux non plus ne veulent pas de nous pendant les deux prochaines semaines. Je suis donc officiellement en vacances, mais je ne peux pas rentrer chez moi. Les médias racontent que nous sommes tous contagieux et donc dangereux. Qu'on devrait nous bloquer dans cet aéroport durant deux semaines sans laisser sortir personne pour contenir l'épidémie. Apparemment ceux qui sont sortis et qui sont allés à l'hôpital sont sous haute surveillance et il paraît que deux d'entre eux sont morts.

— Ma voisine ?

— Je ne sais pas. Je n'ai pas eu le temps de demander. Mais il y a encore d'autres avions en provenance du Mexique et pendant que vous étiez aux toilettes, ils ont annoncé qu'ils nous renvoient chez nous ce matin, pour laisser la place au vol qui arrive aujourd'hui. L'aéroport n'a pas la capacité pour garder tous ces passagers en quarantaine pendant plus d'une journée.

— Mais ça veut dire qu'on va enfin pouvoir rentrer chez nous !

— Toi, oui. Moi, non.

— C'est fou le destin quand-même ! Hier matin je te haïssais et je pensais que je ne t'aurais plus jamais revu une fois sortie de l'aéroport. Et ce matin en me levant, j'étais triste car j'étais en train de me dire que nous n'allions plus nous revoir demain et qu'il ne nous restait plus que vingt-quatre heures à vivre ensemble. Et maintenant ta femme ne veut plus que tu rentres chez toi ?

Je réfléchis. Après tout, ça ne me dérangeait pas d'avoir un dieu du sexe chez moi pendant encore quelques jours. Dommage pour sa femme, mais tant mieux pour moi et puis tant pis pour la morale !

— Si tu veux, tu peux venir chez moi. Comment tu l'expliqueras à ta femme, ça je ne le sais pas, mais tu es invité. Peut-être que nous mourrons, peut-être que nous survivrons, mais au moins nous aurons vécu quelque chose d'unique. Après, nous retournerons à nos vies sans jamais plus se contacter. Alors, qu'en dis-tu ? On étend le pacte ? Veux-tu passer les deux prochaines semaines en vacances à Paris avec moi ou préfères-tu rester avec Louis à Bordeaux jusqu'à ce que ta femme te laisse rentrer chez toi ?

Il écarquilla les yeux.

— Tu es sûre, Julia ?

— Oui, certaine.

— Alors j'accepte.

Et je lui susurrai à l'oreille :

— Nous allons enfin pouvoir passer à l'étape lit !

Il rit et il m'embrassa.

— Tu es vraiment spéciale, Julia. Je ne l'oublierai jamais. Nous devrions vite nous préparer pour faire la queue, car tout le monde doit repasser devant le médecin avant de sortir. Elle se forme déjà, regarde...

Je me retournai et vis une série de personnes avec leurs valises attendre en file indienne toujours en évitant de se rapprocher trop des autres, ce qui était rendu plus aisé par la présence des bagages qui servaient de rempart entre les gens. Je me tournai vers Luana.

— Je suis trop impatiente de m'en aller d'ici. Je vais faire la queue pour nous quatre et quand tu as fini ta valise, tu me rejoins ? Tu me relaieras dans la file pendant que je finirais ma valise. *Deal* ?

Je ne pouvais pas croire à ce coup du destin. La situation était surréaliste. J'allais passer deux semaines avec un homme marié loin du monde, sans aucune obligation de travailler (enfin, j'espérais que mon boulot me réserverait le même sort) et en ne faisant rien d'autre que dormir, manger et faire l'amour toute la journée, si j'en avais envie. Les gens dans la queue autour de moi avaient toujours aussi peur comme depuis le début de ces dernières vingt-quatre heures : ils se maintenaient à au moins un mètre de moi. J'avais complètement oublié ce climat de peur dans les bras d'Éric et je le remerciai secrètement pour avoir été là avec moi cette nuit et me permettre de relativiser toute cette situation.

Je me souvenais encore vaguement de la grippe aviaire en Chine et des images de gens qui se baladaient avec un masque sur le visage, mais la panique ne me semblait pas s'être répandue de manière aussi dingue que durant ces dernières vingt-quatre heures. Cette grippe avait changé ma vie d'une manière que je n'aurais pu concevoir encore vingt-quatre heures auparavant. Ça faisait tout drôle de voir la folie humaine de si près.

Après une heure d'attente, le docteur m'ausculta et me remit un masque de protection. Les caméras de télé nous attendaient dehors pour interviewer les voyageurs « mexicains », prêts à tourner le plus insignifiant détail d'un récit en une nouvelle sensationnelle qui fait la une. Ils s'attendaient sûrement à voir l'un d'entre nous s'évanouir en direct. C'est vrai que ça aurait fait un beau scoop.

Après avoir été entourée de gens avec des combinaisons et des masques, cela semblait presque irréel de voir des gens habillés normalement à l'extérieur. Nous étions les seuls à porter des masques. Je ne souhaitais en aucun cas être interviewée. Vu la panique que générait cette épidémie, je n'avais pas, en plus, envie d'être stigmatisée par la France entière. Et surtout je n'avais même pas eu le temps de me maquiller !

Louis devait s'organiser pour prendre une correspondance. Nous l'avions salué. Il avait mis un peu plus de temps à dire au revoir à Luana : je pouvais le comprendre, après avoir vu pratiquement toute ma vie les hommes lui tourner autour.

Luana, Éric et moi avions pris un taxi avec nos masques vissés sur le nez et la bouche. Quand le taxi avait demandé d'où nous arrivions, nous avions menti sciemment et dit : « D'Angleterre. » pour ne pas éveiller les soupçons. Il nous avait demandé pourquoi nous portions des masques et nous avions dû dire qu'on les distribuait à tous les passagers dans l'aéroport. Il nous racontait qu'il avait peur d'attraper la grippe porcine en prenant un passager qui venait du Mexique et en effet, il portait un masque, lui aussi. Nous avions fait semblant d'avoir très peur. Après avoir déposé Luana chez elle avec la promesse de s'appeler tous les jours, nous étions arrivés devant chez moi.

CHAPITRE 6
PARIS

Je n'étais plus très sûre de l'état de propreté dans lequel j'avais laissé mon appartement. Je demandai donc à Éric de rester sur le palier pour pouvoir y faire un peu de rangement d'abord. Mais quelle ne fut pas ma surprise quand je vis Charlie attendant devant ma porte !

Dès qu'il m'aperçut, il se jeta littéralement sur moi et me prit dans ses bras. Je fus tellement interdite de le voir que je le laissai faire. Il voulut m'embrasser sur la bouche et c'est à ce moment-là qu'Éric se mit à tousser pour manifester sa présence. Il ne devait sûrement rien comprendre à la scène qui se passait sous ses yeux, vu que je ne lui avais absolument pas parlé de l'existence de mon ex envahissant et jaloux maladif. Je me dégageai de l'étreinte de Charlie.

— Mais qu'est-ce que tu fais là ? lui demandai-je.

— Julia, j'étais mort de peur. Tu ne répondais pas à mes messages et mes coups de fil, j'ai cru qu'il t'était arrivé quelque chose. Alors, quand à la télé ils ont annoncé que vous étiez sortis de l'aéroport, je suis venu directement t'attendre pour en avoir le cœur net.

Il dévisagea Éric.

— C'est qui lui ?

— C'est Éric. Éric, Charlie.

Éric tendit sa main vers Charlie. Charlie ne la serra pas de bon cœur.

— Enchanté, dit Éric.

— Nous nous sommes quittés il y a un mois, n'est-ce pas Charlie ? lui fis-je remarquer.

Charlie me regarda visiblement fâché que je mette les points sur les i ainsi. Éric tendit sa main vers Charlie.

— Qui êtes-vous ? demanda Charlie à Éric.

Je ne laissais pas Éric répondre, trop habituée à comment manipuler le phénomène.

— J'ai rencontré Éric dans l'avion, il n'avait nulle part où aller alors je lui ai proposé de venir ici pour deux semaines jusqu'à ce qu'il puisse rentrer dans sa famille. D'ailleurs, tu ne devrais pas être là et surtout pas me prendre dans tes bras. Imagine que je sois contaminée ?

Charlie ne semblait pas satisfait de cette réponse.

— Julia, peu importe, je préfère mourir que d'être séparé de toi plus longtemps. Tu n'as pas idée des heures infernales que j'ai passées en attendant ton retour et surtout depuis l'annonce de la grippe porcine. Puis-je te parler seul à seul un instant ?

Oh non, j'avais toujours redouté ces conversations interminables avec lui.

— Oui, bien sûr. Éric, ça t'ennuie de nous attendre dehors un moment ? Je viendrai te chercher quand nous aurons fini.

— Tu sais où on peut trouver des journaux dans ton quartier ? J'aimerais bien aller en acheter quelques-uns pour voir ce qu'il se dit dans la presse.

Je lui indiquai où trouver le kiosque le plus proche. Il hasarda avant de partir :

— Tu es sûre que ça va aller ?

— Oui, ne t'inquiète pas.

J'espérais qu'il ne sentirait pas la pointe d'angoisse qui perçait dans ma voix. Éric descendit les marches tout en nous lançant un dernier coup d'œil. Je vis Charlie se raidir. Dès que j'eus fermé la porte de chez moi, Charlie me saisit le bras violemment.

— Et maintenant, tu vas m'expliquer qui c'est ce type ?

— Lâche-moi, tu me fais mal !

Il desserra son étreinte d'un coup, comme s'il était étonné de la force avec laquelle il avait réagi.

— Excuse-moi, je ne voulais pas te faire mal. Tu as couché avec lui, pas vrai ?

Je ne voulais pas répondre à sa question aussi frontalement, mais il ne me laissait pas le choix.

— Écoute Charlie, peu importe. Nous ne sommes plus ensemble, je fais ce que je veux, maintenant.

Charlie me regarda sans comprendre.

— Tu m'as déjà oublié ? me fit-il d'un ton plaintif.

— Non, je ne t'ai pas oublié. Je ne t'oublierai jamais. Mais je te l'ai déjà dit, je ne suis pas amoureuse de toi. C'est pour ça que j'ai rompu avec toi.

J'avais l'impression de devoir expliquer la même chose pour la énième fois à un enfant qui ne voulait pas comprendre ou pire, qui faisait semblant de ne pas comprendre. Le pire, c'est que nous avions déjà eu cette conversation des milliers de fois avant notre rupture.

— Moi qui espérais qu'à ton retour…

Foutu magnétisme. Il était encore là. Il était clair que je ne devais plus jamais revoir Charlie. Sa présence même réveillait l'animalité en moi. Il fallait qu'il s'en aille ou je ne répondais plus de rien. Je posai mon sac et allai dans la cuisine chercher un verre d'eau pour vite m'éloigner de lui.

— Charlie, ce n'est pas un bon moment pour parler et puis tu ne devrais même pas être là. Nous étions ensemble Éric et moi dans l'avion et il se peut que nous ayons été contaminés par la grippe porcine. Il vaudrait mieux que tu t'en ailles. Je ne me le pardonnerais jamais si tu étais contaminé par ma faute. Viens, lave-toi les mains avant de t'en aller et ne me touche plus après.

— Ne plus jamais te toucher ? Mais Julia, je suis fou de toi. Si tu as la grippe, alors je veux mourir avec toi. Ce mois dernier, j'ai compris que je ne pouvais pas vivre sans toi. J'ai besoin de toi, Julia. Je suis venu te proposer…

Il mit un genou à terre et prit une boîte dans sa poche. Je ne pouvais pas croire à la scène à laquelle j'étais en train d'assister.

— de m'épouser ! reprit-il une fois la bague en vue dans son écrin.

Cela faisait un mois que je résistais à tous les messages, les coups de fil et les courriels de Charlie. Moi qui pensais être enfin débarrassée de lui, je m'étais gravement fourvoyée !

— Mais Charlie, je t'ai déjà dit que notre rupture est définitive. Que nous ne reviendrons jamais ensemble. Je n'ai pas changé d'avis.

— C'est à cause de ce type, c'est ça ?

J'espérais qu'Éric prendrait le temps de lire ses journaux sur un banc car ça promettait d'être long.

— Non, Éric n'a rien à voir avec ma décision que j'ai prise bien avant de le rencontrer, il y a un mois. Tu te souviens ?

Il fallait que je sois frontale pour qu'il s'en aille enfin.

— Je ne suis pas amoureuse de toi, Charlie. Je ne t'ai jamais aimé et je ne peux pas rester avec toi sans avoir de sentiments pour toi. Ce ne serait pas juste. Tu mérites une femme qui t'aime. Je pourrais faire semblant, mais il viendrait fatalement un jour où je tomberais amoureuse d'un autre et où je te laisserais. C'est mieux que l'on se quitte pour toujours. Tu le sais toi aussi. D'ailleurs ça fait un mois qu'on s'est quittés !

— Mais Julia, j'ai vécu l'enfer pendant que tu étais partie. Quand j'ai su que tu étais en danger de mort, j'ai cru devenir fou. Je t'en supplie Julia, j'ai besoin de toi.

Il s'approcha pour me prendre dans ses bras, mais je le repoussai. Décidément, Charlie était une sangsue dont il était difficile de se débarrasser.

— Non. Excuse-moi, mais c'est impossible.

Il tenta de me prendre dans ses bras de nouveau. Je poussai un soupir.

— Je sais que tu veux faire l'amour avec moi, reprit-il. Tu m'as déjà dit que quand tu étais en ma présence, il t'était impossible de me résister. Que j'étais ton meilleur amant. Comment est-ce possible que je te fasse cet effet et que tu ne sois pas amoureuse de moi ?

Je lui avais dit ça ? Si j'avais su qu'il allait toujours se raccrocher à ça pour essayer de me faire revenir à lui, je l'aurais gardé pour moi.

— Écoute, lui répondis-je, je ne sais pas moi-même l'expliquer. Je ne ressens rien de plus qu'une attirance purement physique et sexuelle pour toi.

— Mais comment est-ce possible Julia ?

J'étais exaspérée. J'avais l'impression de revivre la même scène que lors de notre rupture un mois plus tôt. J'avais déjà mis trois heures à me débarrasser de lui à ce moment-là.

— Charlie, tu veux vraiment que je te redise exactement la même chose que la dernière fois ? Tu sais, rien n'a changé depuis un mois. Je ne me suis pas réveillée un matin en pensant que j'étais folle amoureuse de toi. Et puis je ne suis pas libre.

J'eus peur en voyant le visage de Charlie se décomposer.

— Je le savais ! Je vais lui casser la gueule à ce salaud !

Et avant même que j'eus le temps de réagir, il avait ouvert la porte. Justement Éric était dans l'embrasure, prêt à sonner. Charlie se jeta sur lui.

— Espèce de connard ! lui cria-t-il dessus.

Éric recula aussitôt d'un pas, ce qui n'empêcha pas Charlie de lui décocher un droit si violent qu'il l'envoya à terre. Je me mis à hurler :

— Mais tu es dingue ou quoi ? Laisse-le tranquille. Il n'a rien à faire dans cette histoire !

Charlie ne m'écoutait plus. Il s'avança pour frapper Éric de nouveau. Cette fois, je le vis prêt à mettre un coup de pied dans les côtes d'Éric. Il ne me laissa pas le choix. Je dus sauter sur le dos de Charlie pour dévier son attention.

— Laisse-moi ! me cria-t-il. C'est entre lui et moi !

Je m'accrochais à lui de toutes mes forces pour l'empêcher de porter un autre coup à Éric, encore sonné, qui essayait de se relever tant bien que mal.

— Écoute-moi ! fis-je. C'est entre toi et moi. Si tu dois te battre avec quelqu'un, je suis là.

— Jamais je ne toucherais un seul de tes cheveux, mon amour. Mais lui, je vais lui faire la peau.

Mais quelle tête de mule ! Il avait réussi à se débarrasser de moi. Je lui saisis les jambes pour qu'il ne puisse pas rouer Éric de coups.

— Arrête ou j'appelle la police ! lui intimai-je.

Éric avait réussi à se relever. Il saignait du nez. Je maintenais la pression sur les jambes de Charlie.

— Sauve-toi Éric et appelle la police. Il ne me fera rien à moi.

Je vis Éric hésiter, puis en voyant mon regard insistant, il se mit à dévaler les escaliers. Charlie se débattait.

— Lâche-moi !

Il me donna un coup de pied dans l'épaule.

— Aïe !

Je me mis à sangloter de douleur. Charlie redevint doux comme un agneau.

— Julia, je t'ai fait mal ?

— Non, Charlie, je fais semblant…

Bon, visiblement, ça n'était pas le moment de faire dans le sarcasme. Charlie me prit dans ses bras et approcha ses lèvres des miennes. Pour un peu je lui aurais bien administré une claque comme à Miguel, mais voyant où ça m'avait mené, je me ravisai. Je le repoussai d'un coup, furax.

— Laisse-moi tranquille ! Tu en as assez fait pour aujourd'hui ! Va-t-en maintenant ! Je ne veux plus jamais te revoir ici !

— Mais Julia, tu es la femme de ma vie, on va se marier tous les deux, tu verras…

— Charlie, c'est fini, tu entends ? Fini ! Il n'y a pas de toi et moi et je ne serai jamais ta femme. Tu peux aller rendre ta bague où tu l'as prise.

Charlie me regarda avec une douleur profonde dans les yeux.

— Tu peux me jurer que tu n'as plus envie de moi ?

— Oui, je peux te le jurer. Je ne supporte pas les hommes violents.

C'était vrai.

— Va-t'en, maintenant ! lui intimai-je.

— J'ai besoin de toi, Julia.

Mais quand allait-il enfin me lâcher les baskets ?

— Pas moi.

— Je t'en supplie.

Il se mit à genoux et entoura mes jambes avec ses bras. Ce mec était plus qu'une sangsue, c'était un boulet !

— Pour la dernière fois, va-t'en et ne me recontacte plus jamais !

— Mais je ne peux pas vivre sans toi…

Que faire ? Comment faire entendre raison à quelqu'un qui ne veut pas lâcher le morceau ?

— Foutaises ! Tu viens de me prouver que tu pouvais le faire durant un mois.

— Mais j'ai vécu l'enfer sans toi.

Il avait toujours une parade pour chaque argument. J'étais exaspérée.

— Charlie. Stop ! Ça ne fonctionnera jamais entre nous. Tu dois te trouver quelqu'un d'autre.

Je ne voulais pas lui dire à quel point ses ronflements incessants me fatiguaient, ainsi que sa manière de toujours vouloir être avec moi, comme s'il n'avait pas de vie propre. Je ne voulais pas être avec une espèce de petit chien qui me suivait à la trace, mais plutôt avec un homme qui avait aussi ses propres passions, sa propre vie. J'essayai la flagornerie teintée de réalisme.

— Charlie. Tu auras toujours une place spéciale dans mon cœur, mais tu sais aussi bien que moi que nous ne sommes pas faits l'un pour l'autre.

— Et lui ? Il est fait pour toi ?

— C'est plus compliqué que tu ne le penses. Éric retourne à Bordeaux dans deux semaines et je ne le verrai plus jamais après.

— Alors tu joues avec nous deux ?

— Je ne joue pas, Charlie. Maintenant va-t-en et ne m'appelle que si tu as les symptômes de la grippe. Tu as pris un risque énorme en venant ici !

— À présent, je m'en fiche de mourir. Si tu n'es pas avec moi, la vie ne vaut d'être vécue.

S'il voulait me prendre par les sentiments, ça ne marchait pas.

— Charlie, je ne peux pas te laisser dire une chose pareille. Il y a tant de femmes qui rêveraient d'être avec toi.

— Toutes sauf la seule que je désire.

Damn. Deal with it!

— Je suis sûre que la femme de ta vie va arriver bientôt.

— Mais c'est toi la femme de ma vie, Julia.

J'étais au-delà de l'exaspération. Cette conversation devait finir et vite si je ne voulais pas devenir folle.

— Charlie, la femme de ta vie ne voudrait pas te quitter ! Et maintenant, je te demande pour la dernière fois de t'en aller.

Il m'attira à lui.

— Je t'aime, Julia.

Je ne pouvais rien répondre de semblable.

— Je sais, Charlie. Mais maintenant, c'est vraiment la fin.

Il se mit à sangloter dans mes bras et je ne pouvais rien faire d'autre que de le serrer sans pour autant le caresser ou l'embrasser pour ne pas l'encourager. J'attendais comme un poids mort qu'il se lasse...

— Charlie. On ne peut pas rester comme ça. Il est temps que tu partes.

— Je veux rester tout contre toi.

— Ce n'est pas possible, Charlie. Je t'en prie.

Finalement, il me laissa me dégager de son étreinte. Ma froideur devait avoir eu raison de lui. Il me regarda les yeux embués de larmes. Je me demandais ce qu'Éric fabriquait pendant ce temps. Peut-être avait-il pris peur et avait-il sauté dans un train pour Bordeaux aussi sec. Avait-il appelé la police comme je le lui avais demandé ?

Je pris la main de Charlie et l'emmenai vers la porte que j'ouvris en lui faisant signe de partir. Il ne bougea pas.

— Au revoir, Charlie.

— Mais…

— Au revoir.

Il regarda le sol avant de finalement passer le seuil. Il me lança une dernière œillade de chien battu.

— Au revoir, me répondit-il.

— Adieu.

Je ne lui laissai pas le temps de répliquer et je fermai la porte. J'espérais qu'il n'essaierait pas de sonner pour que je lui ouvre de nouveau. J'ouvris le judas pour voir s'il s'en allait. Il avait les yeux rivés au sol et je l'entendais pleurer comme un enfant. Après une minute, je le vis finalement se diriger vers les escaliers. J'allai à la fenêtre vérifier s'il était bien sorti. Puis je m'étais ruée sur le téléphone pour appeler Éric.

Il était à l'hôpital où il attendait de se faire contrôler par un docteur. Il avait appelé la police. Ils lui avaient dit de venir porter plainte, mais qu'ils ne se déplaceraient pas. J'entendis le médecin l'appeler par son nom. Il raccrocha aussitôt.

Ça me donna le temps de ranger mon appartement, de nettoyer les traces de sang laissées par Éric et de me féliciter d'avoir su résister à Charlie. J'allais faire quelques courses en attendant qu'il revienne, mais arrivée à la maison, toujours personne. Éric ne répondait pas à mes coups de fil.

Je me mis à préparer quelque chose à manger car j'avais faim. Peut-être qu'il avait eu des points de suture : à l'hôpital on attend toujours des plombes. J'attendis une demi-heure qu'il revienne pour manger avec lui, mais je tombai toujours sur son répondeur. Je lui laissai un message en lui disant de me rappeler dès qu'il sortirait et je finis par avaler mon plat. J'avais une faim de loup.

Je me mis sur mon lit. La digestion et le décalage horaire aidant, je m'endormis. Je me réveillai en sursaut quatre heures plus tard. Le téléphone hurlait sa sonnerie : j'avais laissé le volume au maximum et il se trouvait juste à côté de mon oreille. Une voix grave demanda :

— Julia Fletcher ?

— Oui, qui est-ce ?

— Je suis le commissaire de police de votre arrondissement. J'ai devant moi monsieur Éric Messidor et Monsieur Charlie Laval.

— Mais qu'est-ce qu'ils font ensemble au commissariat ?

— C'est ce que vous allez nous expliquer. Pouvez-vous venir tout de suite, s'il vous plaît ?

— Oui, bien sûr, j'arrive.

Au moment où Éric se faisait appeler aux urgences, Charlie était arrivé pour se faire contrôler pour la grippe porcine, preuve qu'il tenait encore à la vie. Il avait aperçu Éric et s'était de nouveau rué sur lui. Les infirmières présentes avaient eu un mal fou à les contenir et il avait fallu que les ambulanciers s'en mêlent pour réussir à les séparer car ils se battaient de toutes leurs forces.

La police avait été appelée. On les avait quand-même soignés séparément avant de les embarquer au poste menottés. C'est là que mon nom était apparu dans les dépositions de chacun. Quand je vis la tête des deux complètement amochée en arrivant dans le bureau du poste de police, je me dis qu'il n'y en avait pas un pour rattraper l'autre. On ne me laissa pas les saluer et on me fit asseoir au milieu d'eux comme pour garantir qu'il n'y aurait pas d'embrouilles si j'étais là.

— Maintenant, Madame, vous allez nous raconter votre version des faits. Et si j'en entends un de vous deux intervenir, c'est direct au cachot.

Devoir raconter ce qui s'était passé dans l'avion au docteur de l'aéroport n'avait déjà pas été simple. Mais en plus, raconter à des officiers de police depuis le début, non seulement comment j'avais connu Charlie, puis Éric, et pourquoi ces deux-là en étaient vraisemblablement arrivés aux mains, ce fut la honte de ma vie.

Charlie devint blême en entendant l'histoire de l'avion et Éric aussi quand il entendit celle avec Charlie. J'essayais de ne blesser l'orgueil de personne et de garder pour moi les ronflements et la jalousie de Charlie ainsi que la femme et les enfants d'Éric. Quand j'eus fini mon récit, le policier reprit :

— Une bonne vieille histoire de fesses et de jalousie, quoi…

Nous nous regardâmes tous penauds Éric, Charlie et moi.

— Bon de deux choses l'une. Monsieur Laval, vous avez agressé Monsieur Messidor par deux fois. Celui-ci peut décider de porter plainte contre vous ou bien nous pouvons en rester là et je pense que dans ce cas Monsieur Messidor mérite des excuses de votre part Monsieur Laval. Monsieur Messidor, si vous décidez d'en rester là et que Monsieur Laval réitère, vos dépositions à tous les trois sont consignées ici et elles seront un témoignage à charge contre vous. Il est tard et je pense que nous avons tous envie de rentrer chez nous. Monsieur Messidor, la balle est dans votre camp.

Éric regarda Charlie et dit :

— Je décide d'en rester là.

— Merci, fit Charlie. Je m'excuse. Je ne sais pas ce qui m'a pris.

— Excuses acceptées. Mais que je ne te revoie plus jamais autour de Julia.

— Ah non, tu ne peux pas me demander ça.

Je pris la parole :

— Moi je te le demande. Je ne veux plus jamais te revoir après ce qu'il s'est passé.

— Julia, je t'en supplie ! s'écria Charlie.

— Non, tu as fait assez de dégâts comme ça pour aujourd'hui. Ton comportement est intolérable. Tu me rayes de ta vie maintenant et pour toujours !

Sur ce, je me levai pour ne pas lui laisser la chance de rétorquer car le connaissant, on y serait encore pour des heures. À bien y réfléchir, Charlie était une malédiction à lui tout seul !

— Viens Éric, on y va.

Éric ne se fit pas prier. Nous nous en allâmes sans demander notre reste tandis que Charlie fondait en larmes sur sa chaise. J'entendis l'officier de police le rassurer.

— Ça va aller Monsieur Laval, ça va aller.

Je me retournai une dernière fois pour le voir tendre un mouchoir à Charlie. Il faisait peine à voir.

Éric n'avait rien de grave, mais il avait pas mal saigné du nez et il avait des ecchymoses ici et là. Je dus jouer l'infirmière en rentrant ce qui ne fut pas sans lui déplaire.

Les jours qui suivirent furent extrêmement joyeux. Nous avions éteint les téléphones et nous ne les rallumions qu'une heure par jour. Moi, pour parler à Luana, avec ma mère et écouter les messages désespérés de Charlie, qui était persuadé qu'il avait la grippe et qui donc s'arrogeait le droit de me rappeler. Éric, pour parler avec ses enfants vu qu'avec sa femme, ils étaient en froid. Nous n'avions pas voulu regarder la télé pour ne pas céder à la lobotomisation ambiante. Nous allions seulement dehors pour nous balader et acheter de quoi manger.

Les restaurants étaient vides. Les gens avaient peur de sortir. Quand nous ne mangions pas, nous faisions l'amour, nous dormions – surtout dans les premiers jours où le manque de sommeil s'était fait sentir de manière brutale pour nous deux à cause du décalage horaire – et nous parlions de nos vies respectives.

Éric n'arrêtait pas de me dire que faire l'amour avec moi était comme une renaissance. Cela faisait quatorze années qu'il n'avait touché personne d'autre que sa femme. Il me disait aussi qu'il ne pourrait pas lui mentir sur ce qui s'était passé ces deux dernières semaines : ils s'étaient toujours tout dit. Éric ne pensait pas que son couple y survivrait. Mais il ne pouvait pas continuer à vivre avec elle si cela signifiait qu'ils étaient dorénavant comme deux colocataires. Il ne voulait pas être séparé de ses enfants et ils étaient l'unique raison pour laquelle il pouvait concevoir d'essayer de recoller les morceaux.

J'aurais pensé qu'en deux semaines nous serions peut-être tombés amoureux l'un de l'autre. Mais c'était comme si nous étions devenus deux très bons amis qui font l'amour. Des « *friends with benefits* » comme on le dit si bien en anglais... Peut-être était-ce notre manière de nous protéger parce que nous savions qu'il n'y aurait pas de futur possible entre nous. Il avait beaucoup de tendresse pour moi et je la lui rendais bien.

Notre dernière nuit avant qu'il ne rentre à Bordeaux fut blanche. Je savais que je ne le reverrais plus jamais. Nous avions résolu de couper tout contact après son départ et de considérer ces deux semaines comme une parenthèse très particulière dans la vie de deux êtres humains.

La dernière fois que nous avions fait l'amour, c'était avec une fièvre et une douceur incroyable à la fois. Nous étions comme deux amants qui essayaient de se souvenir de chaque centimètre de la peau de l'autre avant de ne plus jamais se revoir. Il me venait l'envie de pleurer parce que c'était la dernière fois que je le serrais contre moi.

Notre histoire était totalement improbable. Mais elle était tout de même advenue, malédiction ou pas… Je vois encore sa silhouette s'éloigner dans la rue. Il s'était retourné une dernière fois et m'avait fait un signe de la main.

Cette malédiction avait changé qui j'étais à jamais. Ma perception de la morale, ma confiance en moi et ma connaissance du genre humain ne seraient plus jamais les mêmes…

CHAPITRE 7
STAR D'UN JOUR

Éric était parti et je me retrouvai seule dans mon petit appartement. Je n'avais pas allumé la télé depuis mon retour du Mexique pour ne pas subir la désinformation des médias. Après tout, c'étaient les mêmes qui avaient mis l'opinion publique dans cet état de paranoïa totale et qui avaient condamné toutes les personnes dans l'avion comme si elles étaient pestiférées.

Maintenant que j'étais seule, j'étais curieuse de voir ce qui avait été dit sur le sujet. J'allumai la télévision et fut étonnée de tomber sur ma voisine de l'avion, interviewée par une présentatrice connue dans un talk show de l'après-midi. Le thème de l'émission était *Comment j'ai survécu à la grippe porcine*.

Elle était en train de raconter notre histoire : comment elle avait passé les billets doux à Éric avant de prendre un somnifère pour dormir. La présentatrice riait et disait que c'était le meilleur moyen dont elle avait jamais entendu parler pour faire l'amour avec un inconnu dans l'avion. J'aurais voulu que mon canapé m'engloutisse à cet instant…

Luana m'appela à ce moment précis.

— Allume la télé, me dit-elle.

— Je suis devant.

— Elle est vivante !

— Oui, et si la femme d'Éric voit cette émission, c'est la fin ! J'espère qu'elle ne prononcera pas mon nom…

Ma voisine continuait à raconter qu'elle s'était sentie mal et nous présentait avec Luana comme des sauveuses qui avaient ignoré la peur de la grippe pour sonner l'alerte afin qu'elle soit secourue, alors qu'aucun autre passager n'avait bougé le petit doigt. Elle l'avait appris par l'équipe médicale à son réveil car elle était inconsciente durant les faits. Et maintenant elle voulait nous remercier, mais ne savait pas comment nous retrouver parce que nous ne nous étions jamais présentées formellement.

Je priai pour que les gens qui préparent l'émission n'aient pas eu accès au listing des passagers de la compagnie et pour qu'aucune équipe de télé ne se trouve en direct devant chez moi. La présentatrice invitait les spectateurs à se manifester au téléphone qui s'inscrivait sur l'écran s'ils avaient été dans l'avion.

— Luana, si tu les appelles, tu n'es plus mon amie...

— Tu ne veux pas que tout le monde soit au courant de ta petite aventure dans l'avion qui a fait de toi une héroïne ? Vraiment Julia, je ne te comprends pas... Et les fameuses cinq minutes de gloire dans une vie ? Bon c'est pas tout, mais que dirais-tu de partir en week-end ensemble maintenant qu'il n'y a plus aucun risque de malédiction ? On n'a qu'à retourner dans la maison de ma tante ! Elle vient de m'appeler pour me dire de venir le week-end prochain.

— Je ne suis pas très sûre de vouloir retourner dans la maison où ton cousin m'a jeté un sort.

— On peut aller ailleurs aussi si tu veux.

— Jean m'a appelé tout à l'heure. Il voulait justement qu'on aille au Tréport dans sa maison en Normandie. Tu veux que je lui demande si tu peux venir ?

— Il n'a pas peur d'accueillir des pestiférées ?

Visiblement non. Au bar du coin où nous avions pris un apéro en arrivant le vendredi soir, un gars du Tréport m'avait draguée, ce que j'avais pris comme un bon signe. Juste pour être bien sûre que la malédiction était bel et bien terminée, je l'avais embrassé en fermant les yeux de peur qu'il ne se passe encore quelque chose. Mais rien.

Pas de tourista subite, de vomissements impromptus ou de piqûre d'animal en tout genre. J'écoutais quand-même au cas où la foudre, un tsunami ou un incendie ne viennent dévaster le bar. Mais non, tout allait pour le mieux. Mon flirt de ce soir-là ne dut jamais comprendre pourquoi nous avions aussitôt levé le camp, le laissant en plan alors que la soirée semblait être prometteuse… Je n'avais plus besoin d'un amour de vacances pour déjouer une malédiction, je pouvais désormais reprendre ma véritable quête : trouver l'homme de mes rêves.

L'attention que donnèrent les médias à la grippe porcine dura quatre mois environ. Elle fut contenue et ne devint pas la menace mondiale annoncée. Même s'il y eut des cas mortels, on n'en entendit plus parler dans les actualités au bout de trois mois et d'autres nouvelles plus sensationnelles prirent sa place…

SOMMAIRE

LA MALÉDICTION
DE L'AMOUR DE VACANCES

REMERCIEMENTS

Merci spécial à Federica pour ses conseils, sa relecture et sa mise en page... Merci à Valerio, Domenico, Jérémie, Laetitia, Laurence et Elisa pour avoir eu le temps et la patience de me relire (même en italien !) et pour leurs retours.

Merci à l'homme dont l'inspiration a fait mouche sur la couverture : Félix Rousseau.

Merci enfin à toi lecteur ou lectrice qui est arrivé(e) jusqu'au bout de ce livre ! J'espère qu'il t'a fait passer un bon moment. S'il t'a plu, n'hésite pas à le recommander à tes ami(e)s et à m'écrire un petit mot sur ma page Facebook :

http://www.facebook.com/julialaserie